Katarina Mazetti
Ein Kerl zum Verlieben

SERIE PIPER

Zu diesem Buch

Janne, der erfolgreiche Yuppie mit der Armanibrille, hat nicht gerade darum gebeten, sich in Mariana zu verlieben, die alleinerziehende Mutter mit den beiden Kindern im Schlepptau. Und umgekehrt ist er für Mariana in erster Linie eine Art beschwerlicher Virus: Sobald sie ihn losgeworden ist, kehrt er in mutierter Form zurück und verbreitet Gemütlichkeit und teure Geschenke. Während Mariana sich und ihre beiden Kinder durchzufüttern versucht, wartet sie auf Micke, den Vater der beiden Kleinen, den sie noch immer liebt. Aber sie weiß auch, daß ein normales Zusammenleben mit ihm kaum möglich wäre, denn da ist seine Schizophrenie, durch die er immer mehr aus der Wirklichkeit wegdriftet. Janne dagegen ist da, wenn Mariana ihn braucht, und bald ist sie sich gar nicht mehr so sicher, was ihre Gefühle angeht. Und die beiden Kinder verstehen weitaus mehr, als die Erwachsenen denken … Wie schon bei ihrem großen Erfolg »Der Kerl vom Land« erzählt Katarina Mazetti auch in ihrem neuen Roman von zwei Menschen, die unterschiedlicher kaum sein könnten. Eine wunderbar kluge und humorvolle Geschichte über Liebe und Einsamkeit, Armut und Reichtum, aber auch über die Kunst, das Leben miteinander zu genießen.

Katarina Mazetti, geboren 1944 in Stockholm, arbeitet nach einer Ausbildung als Lehrerin und Journalistin für den schwedischen Rundfunk. Sie hat vier Kinder und lebt im südschwedischen Lund. Auf deutsch liegen neben ihren Kinder- und Jugendbüchern ihr Erfolgsroman »Der Kerl vom Land« vor, der in Schweden monatelang auf den obersten Rängen der Bestsellerlisten stand, sowie »Jede Menge Ohrenzeugen« und zuletzt »Ein Kerl zum Verlieben«.

Katarina Mazetti
Ein Kerl zum Verlieben

Roman

Aus dem Schwedischen von
Annika Krummacher

Piper München Zürich

Von Katarina Mazetti liegen in der Serie Piper vor:
Der Kerl vom Land (3460)
Jede Menge Ohrenzeugen (4193, Piper Original 7045)
Ein Kerl zum Verlieben (4232)

Deutsche Erstausgabe
Februar 2005

Titel der schwedischen Originalausgabe:
»Tarzans tårar«

Umschlag/Bildredaktion: Büro Hamburg
Isabel Bünermann, Heike Dehning,
Charlotte Wippermann, Katharina Oesten
Foto Umschlagvorderseite: Terry Doyle/Getty Images
Gesamtherstellung: Clausen & Bosse, Leck
Printed in Germany ISBN 3-492-24232-4

www.piper.de

Inhalt

Du Tarzan, ich Janne

Mit Gebrüll schwang sich Tarzan vom Ast. Sie sauste in weitem Bogen durchs Laubwerk und landete mit einem dumpfen Aufprall an meiner linken Schulter. Mit rudernden Armen und Beinen purzelte ich mehrere Meter weit.

Ich zeigte mich nicht gerade von meiner vorteilhaftesten Seite, als wir uns das erste Mal trafen, könnte man sagen. Oder besser gesagt, als sie mich traf, es war ein astreiner Treffer.

Und was sagte sie?

Sie ließ das grobe Seil los, mit dem sie sich durch die Gegend geschwungen hatte, und knurrte wütend: »Verdammt noch mal!« Sie rieb sich das Knie, das nach dem Zusammenstoß mit meinem Schlüsselbein etwas gerötet war. Dann starrte sie mich unter ihren dunklen Augenbrauen hervor an und erinnerte mich auf fatale Weise an meine Mittelstufenlehrerin.

»Blöd gelaufen«, sagte sie dann. »Tut mir leid. Obwohl, du hättest dich ja von gerade diesem Baum fernhalten können.«

Ich war völlig sprachlos. Die Frau hätte mich beinahe umgebracht, und jetzt wollte sie mir vorschreiben, wo ich gehen durfte, und das an einem öffentlichen Badestrand.

»Halt doch die Klappe, du verdammter Tarzan!« schnaufte ich. Sie trug einen Bikini mit Leopardenmuster. Ich haßte sie und hätte ihr am liebsten eine gelangt, aber ich bekam noch immer nicht richtig Luft, sondern blieb japsend am Boden liegen. Sie hockte sich vor mich hin.

»Was gebrochen?«

Ich keuchte nur zur Antwort.

Ein kleines, blondes Kind mit Topfschnitt von undefinierbarem Geschlecht kam aus einem Busch hervor und schlang von hinten die Arme um ihren Hals. Dann hob es seine Füße vom

Boden ab und hängte sich an ihren Hals wie ein Fjällräven-Rucksack.

»Warum liegt der Onkel da rum und schnauft die ganze Zeit?«

Der Onkel! Ich nehme an, für so was Kleines ist ein Neunundzwanzigjähriger ein Onkel. Aber es schmerzte ein wenig, das zu hören. Ich glaube, bei mir ist eine Dreißigerkrise im Anzug. Ich starrte es eine Weile so böse an, wie ich nur konnte.

Gedankenverloren wischte sie dem Kind mit dem Handrükken die Nase ab. »Wir sind zusammengestoßen. Geh und zieh dir einen Pulli über, Bella. Du warst zu lange im Wasser.«

»Wieso wir! *Du* bist mit mir zusammengestoßen ...«, tobte ich. »Du mußt genau gezielt haben! Wenn was gebrochen ist, dann zeig ich dich an, und dann kannst du blechen, bis du schwarz wirst!«

Ich war stinksauer auf die Tante. Sie war älter als ich, mindestens fünfunddreißig, mit dunklen Augenringen und Sonnenfältchen.

Irgendwas brannte an meiner einen Pobacke. Scheiße! Ich war auf meiner Armani-Brille gelandet, die ich mir gerade erst vor drei Wochen in Hongkong gekauft hatte, und hatte mich an den Splittern geschnitten.

»Ich meine das ernst«, stieß ich schließlich hervor. »Das ist gemeingefährliche Fahrlässigkeit. Ich zeig dich an!«

Sie grinste kurz, irgendwie freudlos. »Viel Glück!« sagte sie. »Du wirst nicht mehr aus mir herausquetschen als der Gerichtsvollzieher letztes Jahr. Mit anderen Worten überhaupt nichts. Aber vielleicht schaust du dir erst mal das Schild da an und regst dich ein bißchen ab.«

Sie zeigte auf ein riesiges Schild am Trampelpfad, auf dem ich gekommen war. »Achtung! Baumschaukel!« stand da mit krakeligen roten Buchstaben. Scheiße.

»Er blutet am Po«, sagte das Gör. »Wie du manchmal, Mama. Kriegt er auch diese kleinen Mamawindeln?«

Die Tante lächelte plötzlich und streichelte dem Kind über den Arm.

»Vielleicht«, sagte sie. »Eine Camelia gefällig?« Sie streckte die Hand aus und berührte mich am Hintern.

Da hätte ich lachen müssen. Aber aus irgendeinem Grund war mir nicht danach zumute. Ich hätte am liebsten an ihren kleinen braunen Brüsten gezupft, bis sie gegen ihren Bauch geschnipst wären. Brüste wie häßliche kleine Dackelohren.

Und der Bikini erst! Sie mußte ihn in einem Altkleidercontainer der Dritte-Welt-Hilfe gefunden haben. Voller Kleidung, die nicht mal die armen Heiden haben wollten.

Ich richtete mich vorsichtig auf und rieb mir die Schulter. Alles schien funktionsfähig und am rechten Platz zu sein. Es wäre schon ein Risiko gewesen, sie anzuzeigen.

»Okay?« lächelte sie. Das Gör hatte sich ein Stückchen weiter weg ganz ungeniert zum Pinkeln hingehockt.

»Zieh Leine«, brummte ich. Mein Hinterteil und meine Schulter taten weh, und irgendwo hinter dem rechten Auge lauerte ein schwerer Kater und wartete darauf, die Krallen in mich zu schlagen. Das allerletzte, was ich jetzt brauchte, war eine gemütliche Verbrüderung mit dieser überwinterten Dallastante. Womöglich glaubte sie, ich würde einen Drink ausgeben, um zu feiern? Und es war nicht zu fassen, jetzt stand sie auch noch da und grinste mich an. Ein Schweißtropfen bahnte sich seinen Weg über ihren Magen und verschwand im Fake-Leopard. Schwarze Haarbüschel kräuselten sich aus dem Bikinihöschen. Es war so lange her, daß ich eine unrasierte Bikinizone gesehen hatte, daß ich einen kurzen Moment glaubte, sie halte dort unten ein Tier versteckt.

Ich krabbelte wieder auf meine Füße, wie ich es in keinem Fitneßstudio hätte vorführen wollen. Dann stapfte ich davon, ohne mich umzudrehen, daß der weiße Sand nur so um die Turnschuhe wirbelte.

Mama hat was von einem Onkel gekriegt

Mama ist auf einen Onkel raufgesprungen, und er ist umgekippt und total sauer geworden und hat gesagt, daß er sie zeigen will, und dann hat er verdammt gesagt. Aber Mama ist gar nicht sauer auf ihn geworden, sie hat nur viel Glück gesagt, und dann sind wir weggegangen und haben so ein Eis gegessen mit Lakritze außenrum und innen auch. Und Billy, der Blödmann, hat seins in den Sand fallen lassen, und dann hat Mama gesagt, daß ich ihm die Hälfte von meinem abgeben soll, und das hab ich auch gemacht, aber ich hab ihn ganz doll in den Rücken gekniffen, und er hat geschrieen, und Mama hat gesagt, was soll das denn jetzt, verdammt. Aber so was dürfen Kinder nicht sagen.

Und dann am Abend im Haus mit den zwei Betten übereinander haben wir Bockwurst mit Brot gegessen und Himbeerlimo getrunken, und ich hab kleine Gummibonbons in einer Schachtel gekriegt, und Billy auch, aber er hat seine runterfallen lassen, und da sind sie alle rausgekullert, und dann haben wir Murmeln damit gespielt, und er hat gar nicht gemerkt, daß ich sie aufgegessen hab, erst als nur noch zwei übrig waren. Da hat er geschrieen, und Mama hat gesagt, was soll das denn nun schon wieder, verdammt.

Und Tante Jenny war da und sollte auf uns aufpassen, als Mama mal kurz weggegangen ist, und sie hat uns Donald Duck vorgelesen, und dann mußten wir ins Bett, und ich durfte oben liegen. Wir haben uns die Zähne draußen geputzt und auf den Rasen gespuckt, und alles ist weiß geworden, und dann hab ich mir an einem Nagel wehgetan, und da ist Blut rausgekommen, und Tante Jenny hat ein Pflaster draufgemacht, und als Mama gekommen ist, hab ich geweint, aber sie hat nichts gesagt. Sie war so komisch und ganz rot im Gesicht und hat ganz komisch gerochen und hat zu Tante Jenny gesagt, daß sie was von einem Onkel gekriegt hat, eine Pistole oder so. Da wollte ich sie sehen, aber sie hatte sie nicht dabei, und sie hat gelacht, und Tante Jenny hat auch gelacht. Dann ist Tante Jenny gegangen, und Mama hat mich ganz oft geküßt und hat auf mein Pflaster gepustet und hat meine Kleine gesagt, und Billy hat geschlafen, und ich durfte in ihrem Bett liegen, und Mama hat die ganze Zeit so komisch gerochen.

Besten Dank!

Jenny und ich hatten übers Wochenende für uns und die Kinder ein Häuschen hinter dem Strandhotel gemietet, für vier Personen. Deshalb mußten wir die Kinder jeweils zu zweit in ein Bett packen. Es war Nachsaison und spottbillig, und wir konnten es uns natürlich trotzdem kaum leisten. Aber es war der einzige Sommerurlaub, den wir uns gönnten, und wir hatten von zu Hause Lebensmittel mitgenommen.

Wir hatten vereinbart, abends abwechselnd ins Tanzlokal zu gehen. Eine von uns würde sich mit einer Kippe zwischen den Fingern lässig hineinmogeln, während die andere den Kids im Häuschen Gesellschaft leistete.

Fast wäre das Ganze den Bach runtergegangen, denn Jennys Kalle saß würgend beim Abendbrot, und wir befürchteten, daß er eine Lebensmittelvergiftung hätte, und wollten schon die Giftauskunft in der Stockholmer Uniklinik anrufen, doch in diesem Moment kotzte er mitten auf den Flickenteppich. Offenbar hatte er den Tag mit einer Diät von Erdbeeren und Sand überstanden. Große Mengen an Sand. Er mußte ein paar Kilo leichter sein. Jenny fluchte und versuchte, die Flecken mit kaltem Wasser zu entfernen.

»Geh als erste«, sagte sie. »Check das Angebot ab und such dir die besten Typen aus. Dann komme ich und räume den Rest ab. Ich muß sowieso hierbleiben, bis Kalle eingeschlafen ist.«

»Von wegen aussuchen! Ich würde sie vermutlich alle nehmen! Vom Küchenjungen aufwärts«, sagte ich düster. »Ich werde mich auf sie stürzen wie ein Eichhörnchen im Gleitflug, wie auf den Jungen, auf dem ich heute gelandet bin. Es ist schon so lange her, daß ich Nahkontakt zu einem Mann hatte, daß ich vergessen habe, wie es geht.«

»So was vergißt man nicht, das sitzt im Rückenmark«, sagte

Jenny. »Das ist wie beim Radfahren. Auf, ab, auf, ab. Oder rein, raus, rein, raus. Hauptsache, du hältst den Lenker fest.« Sie kicherte und wedelte mit einer Thermoskanne selbstgemachter Frozen Margarita.

»Genau, und dann lade ich sie zu einem Drink aufs Zimmer ein«, sagte ich und sah verstohlen zu den Kindern hinüber, die wir in den Betten verstaut hatten. Sie hat zwei und ich zwei, und im Moment konnte man nicht sehen, wer wer war, denn sie kabbelten sich gerade wie junge Füchse.

»Du mußt ihn eben ins nächste Gebüsch schleppen«, sagte sie. »Ist doch schließlich ein zweitklassiges Strandhotel, oder etwa nicht? Oder du krallst dir einen mit Einzelzimmer. Aber leg eine Pause ein, ich will auch mal auf die Tanzfläche.« Dann nahm sie wieder die Margarita in Angriff. Es ist kein schöner Anblick, wenn jemand direkt aus der Thermosflasche trinkt.

Mein meergrünes Kleid mit Spaghettiträgern hat schon ein paar Jahre auf dem Buckel, aber es ist das schickste, was ich besitze. Es war eines von Mickes inspirierten Schnäppchen in einem Secondhand-Laden.

Ich witschte durch die Tür, gerade als Billy Bella einen Kinnhaken versetzte, sie hatte nicht mal Zeit, nach mir zu brüllen.

Es war wunderbar draußen. Ein starker, lauer Wind wehte vom Meer herauf, es war beinahe Vollmond, und die Wellen leuchteten wie geflammte Seide. Meer und Wind rauschten in den Ohren, und mir wurde ganz schwindlig. Ich blieb stehen und sog den Duft von Tang und Nadelwald ein. Eine andere Welt. Und jetzt, wo ich endlich meinem Mietghetto entkommen war, sollte ich da freiwillig in die Rauchschwaden und die schrille Tanzmusik des Strandhotels eintauchen? Hatte ich sie nicht mehr alle? Wenn das Paradies in Reichweite lag? Ich überlegte ernsthaft, ob ich das Tanzlokal schwänzen und einfach eine Stunde am Wasser entlangspazieren sollte. Ich zog mir die Schuhe aus.

In diesem Moment bewegte sich einer der Bäume neben mir. Ich schrie auf.

Mit einem Zigarillo in der Hand trat der Typ von der Schaukel ins Mondlicht. Er nickte mir ernsthaft zu und machte ein paar Schritte in Richtung Strandhotel.

Ich konnte mir das Lachen nicht verkneifen und rief ihm hinterher: »Willst du das nicht auch mal probieren? Eine Runde schaukeln? Das ist besser als Tabak! Besser als Sex!«

Ich hatte mir auch was von der Margarita genehmigt, das muß ich zugeben.

Er drehte sich um und glotzte mich angewidert an. Ich sah, wie er in einer ganzen Auswahl schlagfertiger Antworten herumkramte. Vielleicht kam ihm keine davon so richtig über die Lippen, denn plötzlich stapfte er mit großen Schritten auf die Schaukel zu. Ich lief ihm hinterher.

Er warf sein Sakko ab, das teuer aussah, und enterte den Baum mit raschen Bewegungen. Dann griff er nach dem Seil, zögerte eine Weile, den Rücken gespannt wie ein Flitzebogen, und warf sich vom Ast, steif und mit gestreckten Beinen. Er drehte ein paar Runden in weiten Kreisen und stürzte schließlich zu meinen Füßen als ein Haufen zusammen. Ich streckte meinen Arm aus, um ihm aufzuhelfen, doch statt dessen zog er mich zu sich. Erst da merkte ich, daß er voll war wie eine Strandhaubitze. Die Augen glänzten glasig im Mondschein, und er lächelte schwachsinnig wie die Gewinner beim Rubbellos im Fernsehen. Er atmete geräuschvoll durch die Nase.

Plötzlich riß der eine Träger meines grünen Kleides. »Paß auf!« brüllte ich. »Paß auf, mein Kleid!«

Er beugte sich vor und schnupperte vorsichtig an meiner einen Brust, die die Gelegenheit genutzt hatte, aus dem Ausschnitt zu hüpfen. Dann wälzte er sich über mich wie eine Ladung Ziegelsteine. »Was meinschu, sollen wir?« fragte er. »Wenn wir eh schon hier liegen? Dann brauchen wir nicht zu tanzen. Verdammt miese Band.«

Eine absurde, aber höfliche Frage. Er war kein Vergewaltiger, es hing von mir ab. Er stützte sich sogar mit den Armen ab, um einen Teil seines Gewichts abzufangen, doch sein Unterkörper nagelte mich an die Erde, und ich war verloren. Zwei Jahre war es her. Warum nicht? Das Mindeste, was ich für einen Jungen tun konnte, den ich versehentlich blutig geschlagen hatte. Und für mich selbst natürlich. In einer einzigen geschmeidigen Bewegung glitt ich aus dem Kleid.

Der Mond leuchtete, das Meer rauschte, und nach einigem wirren Gefummel war er viel besser, als ich es erwartet hatte. Er wuchs mit seiner Aufgabe, und schließlich war er der reinste Traumprinz. Der weiße Sand lag kalt und stumm unter uns, er leuchtete beinahe im Dunkeln, die eine oder andere Kiefernnadel piekste mich in den Po, aber das war es wert. Ich wimmerte und seufzte und er auch.

Hinterher sahen wir uns erstaunt an. Durch das Mondlicht war es beinahe taghell, aber niemand störte uns, denn der Schaukelbaum lag auf dem Spielplatzgelände.

Er schob einen Zeigefinger unter meine eine Brust (ja, ja, ein Stift wäre hängengeblieben) und begann damit zu wippen, bis sie hüpfte. »Das wollte ich schon heute früh machen«, sagte er zufrieden.

»Laß das!« sagte ich. »Mit denen werde ich nicht Miss Erdbeere, dessen bin ich mir durchaus bewußt!«

»Weißt du, wenn man die sieht, begreift man, daß richtige Brüste eigentlich genau so aussehen«, sagte er gedankenverloren. Er legte das Ohr an die eine Brustwarze und tätschelte die Brust, als sei sie ein Hundewelpe. »Ist ja gut. Jetzt nicht den Kopf hängen lassen, meine Lieben.«

»Nett gesagt. Jetzt hast du aber bei mir gepunktet«, sagte ich und bürstete den Sand aus meinem Meergrünen. Er erhob sich und drohte das Gleichgewicht zu verlieren, schien aber ein wenig ausgenüchterter. Wir schüttelten feierlich die Hände, wie in einer schlechten Komödie. Besten Dank, Fräulein Karlsson!

»Kommschu jetzt mit ins Strandhotel?« fragte er. »Vielleicht sollten wir doch ein büschen tanzen?«

Ich schüttelte den Kopf. Mein Tanzabend war vorbei, könnte man sagen. Ziemlich schmerzfrei im übrigen. Zeitsparende kurze Startstrecke, zufriedenstellendes Resultat, und das, ohne die Band anhören zu müssen. Geradezu ein angenehmes Naturerlebnis. Man könnte auch für weniger Umweltschützer werden.

Ich hielt das Kleid über der Schulter zusammen, winkte ihm freundlich zu und ging zurück in unser Häuschen. Den würde ich nie wiedersehen, aber das minderte nicht das Erlebnis.

»Was ist denn nun los?« fragte Jenny, die unsere ganze kleine Schar in einem Bett zusammengeharkt hatte und ihnen Donald Duck vorlas. »Schon zurück? Hoffe, das war nicht meinetwegen. Du kannst einen Schuß besser gebrauchen als ich!«

Ich griff nach der Thermosflasche mit der Margarita. »Hab gerade einen bekommen. Vom Schaukelmann! Manchmal landet man einen Treffer, noch ehe man auf dem Spielfeld ist«, sagte ich kryptisch, damit Bella oder Kalle nichts mitbekamen.

Aber Jenny kapierte meinen Hinweis und lachte entzückt. »Bingo!« sagte sie. »Dann verziehe ich mich jetzt. Laß uns einen Uhrenvergleich machen, dann versuch ich den Rekord zu brechen!«

Eine Armanibrille war es schon wert

*I*ch ging zurück zum Tanzlokal und richtete vor dem Spiegel im Foyer meine Kleidung. Fühlte mich beinahe nüchtern, nachdem ich aus reiner Langeweile nachmittags die halbe Minibar geleert hatte. Ich mußte grinsen, als ich mein Spiegelbild sah. Sie Tarzan, ich Janne. Oder eher ich Cheetah, ich machte einen affenähnlichen Eindruck mit Fünf-Uhr-Schatten am Kinn, zerzaust und verlebt.

Meine Finger erinnerten sich daran, wie sich ihre braunen Dackelohren von Brüsten anfühlten. Und ihre erstaunlich weichen Lippen. Natürlich würde ich keine Gelegenheit haben, sie ein zweites Mal zu schmecken.

Im Tanzlokal wartete Chris auf mich. Er machte sich über die Speisekarte mit dem falschen Küchenfranzösisch lustig und hatte zwei große Fleischstücke für uns bestellt.

»Dabei sollte man in so einem Lokal eigentlich nicht der Empfehlung des Küchenchefs folgen«, sagte er. »Aber den Hauswein trinken wir nicht, irgendwo gibt es Grenzen. Sie haben einen ganz ordentlichen Cabernet, der muß genügen. Und dann Eis mit Erdbeeren, das heißt auf der Karte Glaccé aveck framboises, ausgesprochen frambojses ...«

Chris, der eine Zeitlang in Brüssel gearbeitet hatte, ließ eine Speisekarte mitgehen, um sie seinen dortigen Freunden zukommen zu lassen.

Ein Orchester in himbeerroten Glitzerjacken mit blauem Revers und blauen Krawatten lärmte auf der Bühne herum. Die Musiker schwangen ihre Blasinstrumente im Takt und blinzelten den Damen auf der Tanzfläche zu. Das Publikum tanzte einen enthusiastischen Discofox, der am ehesten an ein Handgemenge erinnerte. Sie verloren sich in den Drehungen, knallten gegeneinander und johlten.

Irgendwo in meinem Hinterkopf lief immer wieder derselbe Film. Der Mond, der auf die Wellen schien und auf ein altmodisches grünes Moirékleid, und ein Paar neugierige grüne Augen unter naturbelassenen geraden Brauen, die im Dunkeln glitzerten. Kontaktlinsen, vermutete ich. Entweder war sie total trendy oder vollkommen untrendy, dachte ich, das weiß ich noch genau. Es erfordert schon Mut, Augenbrauen von dem Kaliber ungezupft zu lassen.

Ich hatte Sand in den Schuhen und ein angenehm entspanntes Gefühl im ganzen Körper. Wer hätte das gedacht? Das war schon eine Armani wert.

Währenddessen schwadronierte Chris herum, wie typisch schwedisch dieses Strandhotel sei. Das Orchester, die Tänzer, die Frisuren, der Kellner, das Essen. Als registrierte der große Globetrotter voller Interesse die Eingeborenen und machte sich Notizen für die National Geographic.

»Du bist doch in dieser verdammten Stadt aufgewachsen, Chrissy!« schnaubte ich. »So viele Jahre kann es nicht her sein, daß du dieses Lokal für das exklusivste überhaupt hieltest. Bestimmt habt ihr hier deine Konfirmation gefeiert, und zum Achtzehnten durftest du dir zusammen mit deinen Eltern ein Dreigängemenü aussuchen.«

Er sah verdutzt aus. Ich wußte kein bißchen über Chris – außer daß er hier vor Ort der Chef einer Computerfirma war, die ich fit fürs neue Jahrtausend machen sollte, daß er während seines BWL-Studiums ein Praktikum bei der EU gemacht hatte und daß er es nicht mochte, wenn man ihn Chrissy nannte.

»Und ich wette, du warst hier auch beim Abiball, bist mit irgendeinem Mädel aus der Parallelklasse über die Sanddünen gestolpert und hast ihr in den Ausschnitt ihres kleinen, selbstgenähten Seidenfähnchens gekotzt!« fügte ich boshaft hinzu. Er sah schuldig aus, wechselte das Thema und begann verschiedene Restaurants in der Nähe der Brüsseler Grand Place zu erörtern und von den phantastischen Auslagen vor den Lokalen zu schwärmen, mit denen die Kunden angelockt werden sollten. I couldn't care less.

»Davon verstehe ich nichts, aber das Filet hier war wunderbar«, schwindelte ich. »Es würde mich nicht wundern, wenn sie ein echtes Charolais erwischt haben sollten.«

Er blickte mich verunsichert an. Konnte man anhand des Geschmacks feststellen, welche Sorte Rindfleisch man aß? Wie bei Weinsorten?

Ich ließ ihn rätseln und ging los, um eine Blondine in einem silberfarbenen Fummel aufzufordern, der sehr effektiv ihre eigenen natürlichen Pastellfarben erschlug. Sie hatte sich an eine Säule gelehnt und schien keinen festen Platz an einem Tisch zu haben, rauchte eine Zigarette nach der anderen und ließ den Rauch durch die Nase ausströmen. Dann und wann warf sie verstohlene Blicke zu unserem Tisch herüber. Natürlich konnte es sein, daß sie sich Chris angeln wollte. Aber sie legte den Kopf ein wenig schief und folgte mir auf die Tanzfläche.

Der wilde Discofox war in etwas übergegangen, was am ehesten einem sprunghaften Platzwechsel unter feindlicher Befeuerung ähnelte, man mußte sich Lücken zwischen den Tanzenden suchen, um zu überleben.

»Bist du Janne?« fragte sie mit einer dunklen Stimme, die nicht zu ihrem Aussehen paßte.

Erstaunt gab ich es zu.

»Ich bin mit Mariana hier. Wir haben ein Häuschen gemietet.«

Mariana? Wer zum Teufel war Mariana? Sie sah mich an und lächelte, und plötzlich war mir klar, daß ich gerade eben den Namen zu einem Paar grüner Augen und einem grünen Moirékleid mit kaputtem Träger bekommen hatte. Und daß es dieser Mariana bereits gelungen war, eine Menge Informationen weiterzugeben.

Auf einmal war ich ziemlich genervt und fühlte mich wie die Jagdbeute einer Clique liebesdurstiger Schulmädchen. Im Gymnasium war es mir tatsächlich manchmal so ergangen. Mädchen hatten angefangen, meinen Namen auf die Schulbänke zu schreiben, und waren dann immer frecher geworden. Sie hingen vor meinem Klassenzimmer herum, drängelten sich in der Schulkantine neben mich, schickten mir Zettelchen mit Herzchen drauf. Im letzten Schuljahr gab es zwei Tussis, die mir abwechselnd in den Hintern kniffen und mich Tommie nannten, wegen Tom Cruise, meinten sie. Ich bin keineswegs schüchtern, und es war mir auch nicht peinlich, aber ich wurde wütend. Was glaubten sie eigentlich, wer sie waren? Und warum sollte die unwillkommene Anmache von Mädchen so viel unschuldiger sein als die von Jungs?

»Wollen wir tanzen?« sagte ich zu der Blondine und nutzte die Gelegenheit, sie mit voller Wucht gegen ein herannahendes breites Männerkreuz zu schleudern.

Kerne in den Ohren

*D*ann am Morgen haben wir ganz leckere Joghurts mit Bonbons drauf gekriegt, und es war total witzig, weil wir in so ner Art Höhle aufgewacht sind. Mama hatte von oben ein Tuch vors Bett gehängt. Ich hab die Beine so nach oben gestreckt und eine Kerze gemacht, was Billy noch nicht kann, und dann hab ich meine Füße gegen Mamas Matratze gedrückt, daß sie fast rausgefallen ist, aber sie hat trotzdem gelacht. Dann sind Kalle und Gabriella aufgewacht, und Gabi hatte ins Bett gemacht, obwohl es noch nicht mal ihr eigenes Bett war.

Jenny und Mama haben gesagt, ich soll für den Frühstückstisch Blumen pflücken, und das hab ich gemacht. Glockenblumen und noch so ein paar kleine gelbe, aber die Kleeblumen waren ganz braun und verwelkt, und von denen hab ich nur ein paar mitgenommen. Mama hat sie in den Becher von der Thermoskanne getan. Den brauchen wir nicht mehr, hat sie gesagt und Tante Jenny angeguckt, als wäre das ihre Schuld, daß der Kaffee alle war. Die Thermoskanne lag auf dem Boden und war leer, und Tante Jenny hatte Kopfweh.

Billy wollte wieder zur Baumschaukel, dabei darf er da gar nicht alleine hin, und Mama hat nein gesagt, weil es sich jetzt für eine Weile ausgeschaukelt hat, und da hat Tante Jenny ganz doll gelacht, obwohl das gar nicht witzig war. Sie hatte ganz viele Orangen dabei, und wir haben auf der Treppe gesessen und Orangen gegessen. Die waren ganz schön schwer zu schälen, aber ich kann das, und im Schrank von dem kleinen Haus waren Zuckerstücke, die nimmt man und macht ein Loch in die Orange und steckt die Zuckerstücke rein, und dann saugt man durch den Zucker den Orangensaft raus, aber das darf man eigentlich nicht, weil das ist nicht gut für die Zähne.

Kalle hat auch versucht, eine Kerze zu machen, aber er ist

umgekippt, und dann hat er Orangenkerne genommen und gesagt, daß er sich traut, sie sich in die Ohren zu stecken. Da hab ich gesagt, das traust du dich gar nicht, und da hat er das gemacht. Erst einen und dann noch ein paar, und ich hab ganz doll gelacht, und wir hatten ganz viel Spaß. Aber dann ist seine Mama gekommen und hat geschrieen, und da hat Kalle angefangen zu heulen und hat gesagt, daß es total weh tut, aber ich hab gar nichts gesagt und eine schöne Schleife auf Billys Sportschuhen gemacht, weil es war ja eigentlich meine Schuld.

Sorry, ist ein Sportmodell

Irgendein Arschloch hatte meinen Wagen zerkratzt, er mußte mit einem Schlüssel oder einem anderen scharfen Gegenstand an der gesamten Karosserie entlanggeschrammt haben. Ich glaube, ich wäre weniger sauer gewesen, wenn er oder sie ein Herz mit »Lisa + Olle« eingeritzt hätte, dann hätte das Ganze wenigstens irgendeinen Sinn gehabt. So war es pure und sinnlose Zerstörungswut, und ich weiß, daß mir die Versicherung nichts nützen wird, obwohl das Auto vierhunderttausend Kronen gekostet hat. Der Eigenanteil ist immer so kalkuliert, daß man nur ein paar Hunderter rauskriegt, egal ob man einen kleinen Steinschlag erwischt oder ein ausgebranntes Wrack vorfindet.

Einen kurzen, schwindelnden Moment hatte ich die Vision, daß es Tarzan gewesen sein könnte, die sich am Auto entlanggeschwungen und es dabei mit scharfen Krallen zerkratzt hat. Allerdings glaube ich nicht, daß diese Dame sich schicke lange Fingernägel leistet. Eher etwas in Richtung Affentatze ... Warm ... stark ... und fingerfertig ...

Als ich in meinem geschändeten Lamborghini den Parkplatz verließ, sah ich sie – Mariana – und die arme magere Blondine, die ich als Waffe im Kampf gegen einen discofoxtanzenden Proleten eingesetzt hatte. Sie waren von einer ganzen Schar kleiner lautstarker Knirpse umgeben, meine Güte, es sah aus wie eine ganze Kita auf Wandertag! Ich zählte nach, es waren nur vier Kids, aber irgendwie schienen sie sich in alle Richtungen zu verdoppeln, wie ein Wurf Welpen. Eines von ihnen brüllte lauter als die anderen und faßte sich ans Ohr. Sie blockierten die gesamte Ausfahrt, und plötzlich fiel Tarzans Blick auf mich, dabei saß ich schon geduckt hinter dem Steuer.

»Ach wie gut, daß du es bist! Und ein Auto hast du auch!«

Sie riß die Beifahrertür auf und winkte der Blondine und dem kleinen Brüllaffen zu, sich in mein Auto zu setzen. »Fahr zur Ambulanz, sonntags ist nichts anderes geöffnet, beeil dich!«

»Er hat Kerne in den Ohren!« sagte ein verrotztes kleines Gör mit wichtiger Miene. Kerne?

Ich unternahm einen Versuch, meine Stimme zu erheben. Auf gar keinen Fall sollten die mit, verdammt noch mal, Kinderpipi auf den empfindlichen Lederbezügen! Und auf der Vorderseite seines T-Shirts befand sich ein halbes Eis.

»Tut mir leid. Wie du siehst, ist das ein Sportmodell, und es gibt nur zwei Sitzplätze. Und bedauerlicherweise muß ich in die andere Richtung. Sorry!«

Sie starrte mich an, und ich hörte ein leichtes Knacken, als sie ihren Kiefer zusammenbiß.

»Du kannst mich mal mit deinem Sorry! Dieser Junge hat eine unbekannte Anzahl von Orangenkernen in seinem Gehörgang, die sich vielleicht durch seine Hirnhaut fressen und ihn zum lebenslangen Epileptiker machen, was weiß ich – heul nicht, Bella, wir reden später darüber –, und ich glaube, du machst dich sehr unglücklich, wenn du nicht hilfst, das zu verhindern. Dein Karma geht für die nächsten fünf Leben zur Hölle. Er kann auf den Notsitz dahinten. Und fahr nicht zu schnell, sonst kotzt er dir auf die schicken Lederbezüge. Ich nehme die Kinder und das Gepäck mit zu mir, Jenny, kommst du später nach? Hast du Geld? Könnte sein, daß du in der Ambulanz ein paar Hunderter abdrücken mußt!«

Ich war perplex. Sie hörte kein bißchen von dem, was ich sagte, sondern kommandierte mich, als sei sie die Lady und ich der Butler in »Dinner for one«, und dazu war sie auch noch frech! Aber die Pastellfarbene saß schon schluchzend auf dem Vordersitz und wühlte aus einer kleinen Börse ein paar zerknitterte Zwanziger hervor. Tarzan suchte ebenfalls und fand einen Fünfziger, und dann begannen sie in den Taschen der Kinder nach Einkronenstücken zu fahnden!

Ich traute meinen Ohren nicht, als ich plötzlich eine Stimme sagen hörte: »Geht schon in Ordnung. Ich kann es auslegen«, und begriff, daß es aus meinem Mund gekommen war.

Drüben am Hotelfoyer entdeckte ich Chris. Er stand herum und rauchte, zwei protzige Taschen mit Markenlogo zu seinen Füßen. Er wartete auf mich, denn wir wollten in die Firma fahren und ein paar Manuals durchgehen.

Mit dem brüllenden Kind auf dem Notsitz fuhr ich vor und versuchte cool zu klingen: »Taxi. Nimm dir eins, meine Firma zahlt. This is an emergency.«

Im Rückspiegel sah ich seine Kinnlade langsam hinunterfallen, während ich mit quietschenden Reifen durch das weiße Tor hinausflitzte. Das Kind schluchzte und hickste auf dem Notsitz und versuchte in den Ohren herumzupulen, während die Pastellfrau es die ganze Zeit davon abzuhalten versuchte, denn dann könnten die Kerne noch weiter hineinrutschen. Jedesmal wenn sie das sagte, begann er noch schlimmer zu heulen, und mir wurde allmählich schlecht. Ich sah vor mir, wie die spitzen Orangenkerne sich durch schwammige Hirnsubstanz fraßen – die Tarzanfrau drückte sich schon verdammt bildhaft aus.

Wir kamen zur Ambulanz des Krankenhauses, ohne ein Wort miteinander gewechselt zu haben. Die Pastellfrau wackelte hinaus, legte den Arm um ihr Kind, ging zum Eingang und klingelte. Ich lief ihr hinterher und steckte ihr ein paar Hunderter zu. Sie sah mich kaum an.

»Du kriegst es zurück«, sagte sie vage. »Wo … wer …?«

Ich gab ihr meine Karte, irgendwie war es der falsche Moment, sich vorzustellen, und dann verschwanden sie durch die Glastüren.

Mein Leben ist kein Fall für die Fürsorge

*I*ch armer, sündiger Mensch …« Im Radio wird gerade ein Gottesdienst übertragen, aber es geht nicht um mich. Ich bin so arm, daß ich es mir nicht einmal leisten kann zu sündigen.

Auf den Zeichnungen meiner Kindheit trugen die Armen Kleider mit Flicken aus Stoffresten, die mit groben Stichen befestigt waren. So sahen auch die Trolle auf den Bildern aus. Lange Zeit kannte ich den Unterschied zwischen Trollen und Armen nicht so recht, nur daß Arme bemitleidenswert waren und Trolle unheimlich.

Heute weiß ich, daß wir Armen eine ganze Menge mit Trollen gemeinsam haben. Die Leute glauben zum Beispiel nicht, daß es uns gibt.

Nur Obdachlose sind arm und vielleicht noch die Rentner. Und die sind selber schuld, denn Obdachlose sind drogenabhängig, und die armen Rentner klammern sich an zu große Wohnungen, davon hat man ja gelesen. Alleinstehende Mütter von Kleinkindern? Tja, etwas eng mag es mal werden, aber eigentlich fließen die Beiträge ja nur so durch ihre subventionierten Briefkästen ins Haus: Kindergeld und Unterhalt und Unterhaltsvorschuß und Wohngeld (und Ausbildungsförderung, wenn sie studieren wollen) – und alles von den Steuergeldern! Also kommt bloß nicht an und beschwert euch. Und wer hat euch gebeten, Kinder in die Welt zu setzen, die ihr nicht versorgen könnt? Nächstes Mal klemmt ihr euch das, kapiert?

Bella entstand eines Abends, als wir so arm waren, daß wir nicht einmal Einkronenstücke für den Kondomautomaten hatten. Das klingt so bescheuert, daß ich niemandem davon erzählen kann. Und als ich Billy erwartete, hatten wir nicht mal Kohle, um zum Ärztezentrum zu gehen und untersuchen zu lassen, woher diese ständige Übelkeit kam. Ich tippte auf Gastritis und knabberte Rennie, bis es zu spät war, etwas zu unternehmen. Man treibt schließlich nicht ab, wenn der Embryo begonnen hat, mit den Flossen zu wedeln.

Aber ich war unruhig, spürte während der gesamten Schwangerschaft ein Flattern im Zwerchfell. Micke hatte schon angefangen, sich krankhaft zu benehmen. Er surfte im Internet und entdeckte auf schlecht gemachten privaten Homepages von wildfremden Leuten verborgene Mitteilungen an ihn: »Mariana! Sie versuchen gerade herauszufinden, wo ich wohne!« Und dann begann er in den blinkenden Werbespots Botschaften zu erkennen, andere Botschaften, meine ich. Sie seien hinter ihm her, sagte er. Und sie kämen immer näher.

Eines Morgens war er einfach weg. Er hatte nichts mitgenommen außer einem Stapel sauberer Unterhosen und Strümpfe, die auf einem Hocker in der Küche gelegen hatten, und außerdem glaube ich, daß er meinen Regenmantel mitgenommen hat, was auch immer er damit vorhatte. Später fiel mir ein, daß er etwas davon gesagt hatte, daß Plastik vor ... ja, vor Strahlen schütze. Vermutlich muß man einfach akzeptieren, daß er vollkommen gaga war. Dabei habe ich mehrfach versucht, mich in ihn hineinzuversetzen, wie es sich wohl anfühlt, wenn man glaubt, daß lauter fremde Leute sich listige codierte Mitteilungen auf ihren Websites hinterlassen, nur um an einen heranzukommen. Er glaubte, es liege daran, daß er kurz vor einem Durchbruch in seiner Forschung stand.

Seine Forschung wurde nicht von Personen in weißen Kitteln in einem Labor betrieben – wobei ich versucht habe, Mama davon zu überzeugen. Als sie anrief und fragte, was Micke eigentlich den ganzen Tag treibe, fiel mir in der Eile nichts Besseres ein, als zu behaupten, daß er einen Platz in einem Forschungslabor bekommen habe. Damit gab sie sich zufrieden. Ich konnte richtig vor mir sehen, wie ein flüchtiges Interesse in ihren Augen aufleuchtete. Das war gut so. Seit Papa abgehauen war, leuchteten ihre Augen sonst nämlich nur bei der Ziehung der Lottozahlen.

Mickes Forschung wurde in der Zeitschriftenabteilung der Stadtbücherei betrieben, zumindest nahm sie dort ihren Anfang. Er hat mir oft erklärt, womit er sich eigentlich beschäftigte, und ich lernte, auf Durchzug zu stellen, denn ich konnte keinerlei Zusammenhang darin erkennen, was mich natürlich erschreckte. Es hätte doch etwas Nachvollziehbares sein können, etwas Sinnvolles (immerhin hatte Micke mehrere Semester Soziologie, Ethnologie und Wissenschaftstheorie belegt und einmal als brillanter junger Forscher gegolten), aber vermutlich war es ebenso verrückt wie die vielen anderen Dinge, die er sich plötzlich in den Kopf setzte. Die Kopfhaut der Kinder mit Urin einreiben. Stundenlang nackt auf dem Balkon stehen, wenn Vollmond war. Direkt am Körper nur Papier tragen, wenn er spürte, daß eine Erkältung im Anzug war – ich durfte ihn im vorletzten Winter mehrfach in Klopapier einwickeln.

Meines Wissens lief seine »Forschung« darauf hinaus, daß er ein gemeinsames Muster in der Ausdrucksweise verschiedenster Gesellschaftsgruppen entdeckte beziehungsweise zu entdecken glaubte, in Sprache, Schrift und Gesten. Koptische Christen in Äthiopien, Beatniks aus den Fünfzigern, französische Hofdamen des siebzehnten Jahrhunderts. Er wollte Ausdruck und Funktion des menschlichen Denkens analysieren, also die Logik, die uns von der Einsicht zur Handlung bringt. Und, meinte er, wenn man wüßte, wie die Menschheit denke, könne man fundierte Vorhersagen treffen, wie sie handeln werde, und diese Erkenntnisse würden nationale wie internationale Politik und Planung auf allen Ebenen beeinflussen.

Sobald er seine Entdeckungen in einfachen Formeln kodifiziert habe, werde er sie den Machthabern präsentieren, zunächst auf nationaler, später auf internationaler Ebene. Ich könne mir ja selbst vorstellen, sagte er, was für eine Aufmerksamkeit das wecken werde. Aber er habe nicht vor, dafür Ehrenbezeugungen oder auch nur eine finanzielle Aufwandsentschädigung entgegenzunehmen. Er wolle seine Forschung all denjenigen schenken, die sich der Resultate annehmen wollten, und er fragte mich ängstlich, ob ich enttäuscht sei. Ich glaube, er sah sich selbst als zukünftige graue Eminenz von großen Herrschern, als eine Art Gratis-Merlin, und dachte sich, daß ich vielleicht gern als Frau Merlin neben ihm auf den Bühnen der Macht gestanden hätte.

Und ich liebte ihn so, daß es mich beinahe zerriß. Ich litt an dem Fluch, sein Denken tatsächlich nachvollziehen zu können. Ein solches Wissen, wenn es denn existierte, mußte natürlich allen gehören.

Selbstverständlich war mir klar, daß kein Staatsminister zur Stadtbücherei galoppieren würde, um sich Zugang zu seiner Forschung zu verschaffen. Das Beste, was man sich erhoffen konnte, war vermutlich, daß sich irgendeine wohlwollende Wissenschaftliche Hilfskraft, die ihn von früher kannte, bereit erklären würde, seine vollgekritzelten Collegeblöcke daraufhin durchzusehen, ob *irgendein* brauchbarer Gedankengang darin zu finden sei. Die Wahrscheinlichkeit war vermutlich nicht sehr groß.

Aber dafür waren seine Zärtlichkeit und Fürsorge um so größer. Eine Zeitlang kaufte er jeden Tag Sachen für uns, auf Kredit und per Postversand. Witzige Sachen, völlig überflüssige Sachen, merkwürdige Sachen. Einen Kronleuchter für Bella, als sie drei Monate alt war. Einen Daunenschlafsack, geeignet für arktisches Klima, weil ich nachts über kalte Füße geklagt hatte. Er kaufte Cernit in allen Farben des Regenbogens und stellte eine ganze Nacht lang Schmuck für uns her, merkwürdige, phantastische Riesenperlen und kleine Tiere als Anhänger. Es gebe nichts, was er nicht für uns tun könne, sagte er.

Außer bei uns zu bleiben.

Und währenddessen mußte ich mir etwas einfallen lassen, um uns zu versorgen. Ich übernahm einzelne Vertretungsstunden als Kunstlehrerin an Schulen, wo man mich müde fragte, ob ich die Tante mit den Fluortabletten sei, wenn ich hin und wieder auftauchte. Ich nahm schlecht bezahlte Übersetzungsaufträge an und noch schlechter bezahlte Jobs als Museumswärterin. Ich putzte sogar die Treppen in unserem Haus und bekam dafür eine Mietermäßigung. Und ständig mußte ich mich gegen die wohlmeinenden Projekte wehren, die Micke nach Hause schleppte und mit denen wir den ganz großen finanziellen Schnitt machen würden. Herbalife verkaufen, Spione in den Türen anderer Leute installieren, Hochzeitsreden schreiben. Dann bekam ich eine Teilzeitvertretung als Kunstlehrerin und ein bißchen Wohngeld. Und als Micke verschwunden war, ließen sich die Finanzen zumindest planen.

Ein Erwachsener und zwei Kinder können nicht vom halben bis Zweidrittelgehalt einer Kunstlehrerin leben, jedenfalls nicht, wenn sie jeden Tag etwas essen wollen. Und da man mir angeboten hat, mehr Stunden zu übernehmen, ich es aber nicht tue, bekomme ich auch kein Arbeitslosengeld. Mein Fall wird so behandelt, als hätte ich freiwillig auf ein volles Gehalt verzichtet, und dann ist es mein Problem. Es nützt nichts, wenn ich fauche, daß ich nicht freiwillig auf das Gehalt verzichtet hätte, sondern nur auf den entsetzlichen Streß, als Alleinerziehende voll zu arbeiten und anschließend zu versuchen, zwischen spätem Abholen in der Kita und frühem Zubettgehen Zeit mit den Kindern zu verbringen und danach noch abzuwaschen und zu putzen und Wäsche zu waschen und zu kochen.

Unterhalt bekomme ich auch nicht von einem Mann, bei dem niemand weiß, ob er noch lebt, und wenn, dann wo. Auch nicht das kleinste bißchen Unterhaltsvorschuß, denn man kann nichts von einem abwesenden Vater fordern, man kann ihn nicht einmal verklagen. Wobei ich nicht beweisen kann, daß er abwesend ist, oder erklären könnte, warum er nichts zahlt. Ich halte die Vorstellung nicht aus, diese Sache am Telefon mit einem »Betreuer« vom Jugendamt zu diskutieren. Mich beschleicht das Gefühl, daß Micke für immer verschwindet, sobald ich zu beweisen versuche, daß er nicht mehr zur Familie gehört.

In den vergangenen drei Jahren habe ich alle Kinderkleider im Secondhand-Laden gekauft. Den Kindern gefällt das, denn sie dürfen sich die Sachen selbst aussuchen, was ich in einem normalen Geschäft nie zulassen könnte.

Aber neulich war es schwierig. Billy blieb im Kaufhaus Åhléns wie angewurzelt vor einer Packung Sammelbildchen aus einem Disneyfilm stehen, und ich wußte, daß er über Leichen gegangen wäre, um sie zu bekommen. Er sah mich mit müdem Blick an, überzeugt davon, daß ich etwas so Unnötiges ablehnen würde, und schon deswegen sagte ich: »Wenn du diese Bilder so gerne willst, Billy, dann kaufe ich sie dir!«

Er nickte andächtig, und von dem letzten Geld in meinem Portemonnaie kaufte ich die Bildchen. Und konnte daher keine Damenbinden kaufen, obwohl ich demnächst meine Tage haben würde. Ein zusammengerollter Waschlappen würde es auch tun, den ich in einem Eimer mit kaltem Wasser ausspülte, spätabends, damit die Kinder es nicht sahen und Angst vor dem blutigen Wasser bekamen. Das war schon einmal passiert.

Und diese kleine Unannehmlichkeit vergesse ich, ehe die Woche vorbei ist. Billy wird sich sehr viel länger an die Sammelbildchen erinnern.

Was bekomme ich für mein Haar?

Dann kam der Tag, an dem wir kein Öre mehr hatten. Wir hatten den ganzen Sommer von meinem mageren Urlaubsgeld gelebt, das ich im Lauf des Jahres zusammengespart hatte, und von den Tausendern, die mir der Verkauf der Encyclopedia Britannica einbrachte, die Micke in einem übermütigen Moment erstanden hatte. Ich hatte gerade die Miete und die Mahngebühr überwiesen, weil ich im Vormonat nicht rechtzeitig hatte zahlen können. Die letzten Hunderter waren für das Häuschen am Strand draufgegangen, aber das war es wert, denn es war der einzige Urlaub in diesem Sommer. Und mehr Geld würde nicht auftauchen, ehe nächste Woche das erste Gehalt des kommenden Schulhalbjahrs auf mein Konto tröpfelte. Ich konnte mir auch nichts mehr von jemandem leihen, das spürte ich.

Früher, in den Mädchenbüchern meiner Oma, verkauften die Mädchen in solchen Situationen stets ihr langes güldenes Haar. Ich bezweifle, daß jemand meines hätte kaufen wollen, selbst wenn es heutzutage noch solche Ankäufer gäbe. Vielleicht könnte ich ein bißchen mehr für die gespaltenen Spitzen bekommen? Two for the price of one? Auf den Strich zu gehen kam nicht in Frage, ich hatte ja weder einen Babysitter noch Geld für den Bus in die Stadt ... Oh, ich kann nicht mal darüber witzeln, wie Jenny und ich es manchmal tun. Bei ihr ist es genauso eng wie bei mir.

Für die allerletzten Münzen kaufte ich eine Tüte Haferflokken, einen Liter Milch und ein Kilo Kartoffeln. Und zwei Lutscher, einen quietschgrünen und einen rosafarbenen. Die bekamen sie am Samstagabend, das weiß ich noch, denn wir bastelten ein Puppentheater aus alten Milchverpackungen und Stoffresten, und Billy blieb die ganze Zeit mit seinem klebrigen Lutscher am Stoff hängen.

Am Sonntagmorgen stand ich früh auf und backte Brot aus grobem Roggenmehl – das einzige Mehl, das ich noch im Haus hatte. Die Konsistenz des Brotes erinnerte an einen Streuselkuchen. Billy weigerte sich, davon zu essen, und ich kochte ihm Haferbrei. Wir hatten kein Apfelmus, aber ich trieb noch einen alten Apfel auf, den ich über den Brei rieb, und streute sehr viel mehr Zucker drüber, als ich mit meinem Gewissen vereinbaren konnte. Und Billy löffelte zufrieden vor sich hin. Bella, die mich schon verstohlen angesehen hatte und spürte, wenn ich traurig war, aß tapfer von dem krümeligen Roggenbrot und dazu eine runzlige Tomate.

Dann beratschlagten wir, wie wir den Tag verbringen könnten. Bella hatte eine Freundin in der Kita, die im »Mauseum« gewesen war, da wollte sie auch hin. Billy wollte natürlich ins Schwimmbad. Aber es regnete in Strömen, und wir hatten kein Geld für den Bus, und Museen und Schwimmbäder kosten Eintritt. Das fiel also aus, ebenso wie das Spielen im Park oder im Wald.

Deshalb bauten wir eine Höhle hinter dem Sofa, stellten Lampen hinein, legten einen roten Schal als Feuer drüber und holten die Topfpflanzen. Bella spielte Steinzeitmensch und hüllte sich in etwas Stoff, der übriggeblieben war, als ich mir den Leopardenbikini genäht hatte, und Billy war ein Steinzeithund. Steinzeitmenschen leben von Obst und Nüssen, und ich entdeckte einen Rest Erdnüsse ganz oben im Schrank und ein paar Steinzeitrosinen. Zum Abendessen machten wir Ofenkartoffeln mit Knoblauch und grobem Salz, die Kinder sind ganz verrückt nach Knoblauch. Wäre Micke dagewesen, hätte er einen Steinzeitmann mit Keule gespielt, gebrüllt und sich auf die Brust geschlagen und mich mit Lärm und Getöse hinters Sofa gezerrt. Während die Kinder vor Begeisterung geschrieen hätten, hätte er mir heimlich an die Brust gefaßt und sich an meinen Hintern gedrückt. Und dann wäre er wieder hervorgehüpft und ein Säbelzahntiger gewesen.

So etwas denke ich häufig, wenn wir irgendwas spielen.

Wenn Micke dabeigewesen wäre, dann hätte er etwas Ausgeflipptes, Wildes und Witziges getan. Er trieb es so weit, daß wir alle miteinander lachen mußten, als würden wir gerade durchgekitzelt. Dabei wäre es mindestens ebenso wahrscheinlich gewesen, daß er uns mit leerem Blick angestarrt, plötzlich einen unbegreiflichen Ausbruch bekommen und behauptet hätte, daß Leder und gewisse Stoffe elektrisch geladen seien und Brandschäden verursachen könnten. So einen Anfall bekam er einmal, als er Bella neben einem neuen Teddy aus Lammfell schlafen sah. Ach, Micke.

Und dann hätte er sich einen Tausender von seinem Bruder geliehen, die Knoblauchkartoffeln aus dem Fenster geschmissen und einen Tisch im La Garçonne reserviert. Er hätte Schnecken für die Kinder bestellt und mit ihnen am Tisch Wildschwein gespielt. Grunzend die Rüssel mitten in den Teller, wir brauchen kein Besteck, wenn wir die fetten Schnecken aus der Erde wühlen! Und früher oder später wären wir diskret gebeten worden, das Lokal zu verlassen. Ich frage mich, wie oft ich diskret gebeten worden bin, das Lokal zu verlassen, zusammen mit Micke.

Aber im letzten Jahr hat sein Bruder ihm nichts mehr geliehen, und auch sonst keiner. Und Micke konnte mich auch nicht zur Zechprellerei überreden, nicht mit den Kindern im Schlepptau.

Wir spielten, bis die Blaue Stunde anbrach. Das ist etwas ganz Besonderes in unserer kleinen Familie, da schalten wir alle Lampen aus und sehen aus dem Fenster, während die Dämmerung alles blau färbt. Die Hochhäuser mit ihrem groben Graffiti und die Parkplätze sind dunkelblau, und sogar die Treppe hinunter zur U-Bahn leuchtet in einem magischen Licht, wie ein Heim für die Unterirdischen. Wenn wir fertig geschaut haben, zünden wir eine Kerze in einem blauen Glas an und erzählen wehmütige Märchen von Prinzessinnen, die sich verlaufen, und kleinen Hunden, die ihr Frauchen verloren haben. Ich erzähle nur die erste Hälfte des Märchens, bis sie ihr Abendbrot gegessen haben und in ihre Betten gekrochen sind. Dann findet die

Prinzessin nach Hause und der Hund sein Frauchen, und die Kinder schlafen zufrieden seufzend mit zerschlissenen Plüschtieren im Arm ein.

Aber heute abend hätte es beinahe nicht funktioniert. Der Kühlschrank war fast leer, und bei der einzigen Konservendose, die ich hatte, war das Etikett verschwunden. Ich hatte zwar noch Haferflocken für Brei, aber die Milch war alle. Auf gut Glück öffnete ich die Dose und hoffte, daß es Pfirsiche wären, aber es waren Kichererbsen. Das Brot war auch zu Ende, wir hatten nur noch Cracker.

Deshalb spielten wir eine Weile wilde Tiere an der Wasserstelle und wetteiferten, wer am meisten Wasser aus einer Waschschüssel trinken konnte, während wir muhend, brüllend und trompetend davorknieten. Bella war ein Elefant und füllte den Mund mit Wasser, das sie elegant nach oben in die Luft spritzte, und mir war klar, daß es in der Nacht viele Laken zu wechseln geben würde. Die Kinder tranken eine Menge Wasser und waren nicht mehr hungrig, wollten nicht mal Cracker haben, sondern nur das Ende des Märchens hören und dann schlafen. Und ich wußte ja, daß sie am nächsten Tag in der Kita ein ordentliches Frühstück bekommen würden. Häufig kommt es nicht vor, daß wir nichts zu essen haben.

Aber es kommt vor.

Sie schliefen ein, und ich aß die Cracker bis auf den letzten Krümel. Dann rief ich Sara an und fragte beiläufig, wo sie eigentlich den alten Goldschmuck ihrer Mutter verkauft und einen so guten Preis dafür bekommen habe. Ich besitze einen Goldring, den ich von Micke bekommen habe, einen Ring, der etwas zu groß ist, so daß man ihn am Finger drehen kann. »Wenn du den Ring dreimal drehst, kommt der Ringgeist«, sagte Micke, »und erfüllt dir deinen größten Wunsch. Innerhalb von angemessenen Grenzen natürlich. Du darfst dir nichts für mehr als 27,50 Kronen wünschen!« Wir lachten. Micke hatte gerade seine Tageskasse durchgerechnet, nachdem er im Mietshaus von Tür zu Tür gegangen war und versucht hatte, glasierte Äpfel zu verkaufen, eines seiner vielen hoffnungslosen Projekte.

Jetzt muß ich ihn verkaufen, den Wunschring. Mir fällt nichts ein, was ich sonst noch verkaufen könnte.

Armer Scheißkerl

*I*ch bin schon immer gern mit Charlotte du Rier ausgegangen. *Chaaar*lotte, in der Regel englisch ausgesprochen, bisweilen auch französisch, wenn ihr diese Sprache gerade gelegen kam. Niemand, der sie kennt, würde auf die Idee kommen, ihren Namen auf Lotta zu verkürzen.

Charlotte besitzt ein schickes kleines Apartment im Stadtzentrum, das sie in heller Esche mit schwarzen, weizengelben und tiefvioletten Farbakzenten und einer ganzen Menge witziger Kunstwerke eingerichtet hat. Ja, ich weiß, man wird ja gleich als schwul abgestempelt, wenn man sich lauthals über tiefviolette Farbakzente ausläßt, aber es darf mir ja wohl zumindest im stillen gefallen. Vieles hat sie auf ihren Reisen gekauft, und da sie viel für die EU arbeitet, ist sie genauso oft unterwegs wie zu Hause.

Ehe wir ausgehen, pflegen wir einen Drink bei ihr zu nehmen. Sie mixt wie ein Profi, und sie hat immer frische Blumen und brennende Kerzen in der Wohnung. Und es gefällt mir, daß sie sich wirklich schick macht. Es ist ihr keineswegs unangenehm, ein rückenfreies italienisches Etuikleid zu tragen, selbst wenn wir nur bei jemandem aus der Firma zum Abendessen eingeladen sind. Ihre Schuhe sind kleine Wunderwerke der Ingenieurkunst mit schmalen Riemchen und verrückten Spangen, und sie kann sie auch tragen, wenn das der richtige Ausdruck ist: Niemand kann so elegant auf einem zehn Zentimeter hohen Absatz balancieren wie sie. Sie plaziert die Füße auf einer geraden Linie – mit der Anmut und Stärke eines jungen Rehs.

Mir gefällt es auch, mit Charlotte in Bars zu sitzen und mich mit ihr zu unterhalten oder in irgendeinem neuen kleinen Restaurant, das sie entdeckt hat. Es ist mir eine Art Bedürfnis geworden, wöchentlich mit ihr die Ereignisse in der Firma durchzukauen. Sie hört ruhig zu, ohne mich zu unterbrechen, und wenn es dunkle Punkte gibt, die nicht einmal ich selbst bemerkt habe, weist sie rasch mit dem Finger darauf. Das ist ihr Job: Krisenmanagement an Stellen, wo man mit dem, was man erfährt, sehr diskret umgehen muß – in Vorstandszimmern, in Börsenunternehmen, in wichtigen politischen Angelegenheiten. Ich brauche ihr niemals zuzuhören – sie unterliegt der Schweigepflicht, was ihre eigene Arbeit betrifft.

Wir sind uns damals im Rahmen ihrer Arbeit begegnet, denn wir hatten einen amerikanischen Chef, den reinsten Borderline-Fall, der aber nicht ohne weiteres aus dem Team gekickt werden konnte. Das war kurz nachdem ich unser IT-Unternehmen an amerikanische Eigentümer verkauft, einen netten Gewinn von einigen Millionen gemacht und gut plaziert hatte. Vielleicht fühlte ich mich deshalb selbstsicher genug, sie zum Essen einzuladen, diese Frau, die aussah, als habe man sie direkt aus Harper's Bazaar ausgeschnitten, und die einen messerscharfen Intellekt hatte, ganz zu schweigen davon, daß sie unsere kleinen Psychen erwiesenermaßen richtig durchschaute. Sie ist zehn Jahre älter als ich.

Charlotte. Sie duftet diskret nach Lei, wenn wir uns lieben, und ihr Haar glänzt immer seidig. In boshaften Momenten glaube ich, daß sie ihre Körpersprache aus der L'Oreal-Werbung hat: »Weil ich es mir wert bin.« Die Anmut ihrer Schritte, die schwingende Pagenfrisur, der kleine schelmische Schulterblick …

Ich verstehe nicht, warum unsere Abende so häufig damit enden, daß sie mich langweilt. Oder warum ich mich nie verliebe, weder in sie noch in eine der vielversprechenden, aufwärtsstrebenden Kolleginnen in der Arbeit. Oder in meine Finanzberaterin. Sie ist richtig niedlich, und ich habe schon gesehen, wie ihr die Tränen in den Augen standen, als ein Kurseinbruch mein Portfolio getroffen hatte …

Anscheinend bin ich einfach nicht der Typ dafür. Klar, manchmal schlagen Verliebtheiten zu, kurz wie Orgasmen, vor allem im Frühling und oft bei einer aus dem Kulturbereich, einer Schauspielerin oder Künstlerin, vorzugsweise hübsch. Meine Lieblingsvariante hat Augen wie ein Seehund, riesig, glänzend und dunkel, schwer fallende Haargardinen und einen schlanken, langbeinigen Körper. Dazu vielleicht einen aufmüpfigen Busen – ich gehöre nicht zu den Männern, die danach fragen, ob alles echt ist, mich interessiert vor allem das Äußere. Aber nach einigen Wochen – nada, nichts, leer! Plötzlich bemerke ich, daß sie immer öfter auf meinem Anrufbeantworter ist als ich auf ihrem, sie beginnt mir schulmädchenhafte, mit Herzen garnierte SMSe zu schicken – und ich welke dahin wie eine Kletterpflanze im Herbst.

Früher zog ich mich gern mit einem flotten Geschenk aus der Affäre und bastelte eine kleine Rede zusammen, was ich doch für ein Scheißkerl sei, der niemanden lieben könne, nicht einmal eine so phantastische Frau wie sie … und daß ich weitermüsse, um nicht das Risiko einzugehen, sie zu verletzen … Dann fühlte ich mich wieder frei, und innerhalb weniger Wochen hatte ich ein neues Anhängsel an meinem Arm.

So hielt ich es mehrere Jahre lang, es wurde zu einer Art Lebensstil. Meine Freunde von früher begannen mich Don Juan zu nennen, doch ich hatte oft das Gefühl, in erster Linie ihr Traumleben zu führen und nicht mein eigenes. Wenn ich nach Hause kam, nachdem ich irgendeiner Frau meine Ich-bin-ein-Scheißkerl-Rede gehalten hatte, blieb ich manchmal im Wohnungsflur stehen und schluchzte besoffen mein Spiegelbild an: Warum, verdammt noch mal, konnte ich bloß niemals eine finden? Und tat mir selber wahnsinnig leid.

Mittlerweile gehe ich nur noch selten mehr als dreimal mit derselben Frau aus, dann brauche ich mich nicht aus irgendwas herauszuwinden. Natürlich kann man die Geschichte nach einem Jahr oder so noch mal aufwärmen, um der alten Zeiten willen, falls es sich so ergibt … Aber mit Charlotte ist es irgendwie sicherer, wir wissen zumindest, wie wir zueinander stehen, und wir haben guten Sex.

Die einzigen Frauen, die heutzutage einen bleibenderen Eindruck bei mir hinterlassen, sind offenbar diejenigen, die mich ärgern – Politikertanten mit erhobenem Zeigefinger, irgendwelche Expertinnen für »Genderfragen« oder solche … solche wie diese Tarzanfrau im Strandhotel.

Ich weiß immer noch, wie sie schmeckt.

Ein Schauspieler muß sein Publikum zumindest nicht beim Namen kennen

*I*ch bekam siebenhundertfünfzig für den Ring, was bedeutet, daß er das Mehrfache wert gewesen sein muß. Meine Güte, was hat Micke bloß dafür ausgegeben? Er hat uns jedenfalls über den Abgrund gerettet, jetzt hat die Schule wieder begonnen, und das erste Gehalt ist bald auf dem Konto.

Der Anfang des Schulhalbjahres war dieses Jahr schlimmer als sonst. Als Kunstlehrerin hat man nie die Chance, kuschelig mit seiner Klasse zusammenzuhocken, die man in den drei bis vier Stunden pro Woche gut kennenlernt. Ich kenne Schwedischlehrer, die mehrere Jahre lang mit denselben Schülern zu tun gehabt haben und von ihnen reden, als handele es sich um jüngere Verwandte.

Ich dagegen muß mir die Namen von lauter verlorenen Herden reinbimsen, zusammengeflickt aus Schülern verschiedener Schulzweige, dabei kommen locker mehrere hundert Personen zusammen. In welchem anderen Job steht man tagtäglich Auge in Auge mit Hunderten von fremden Personen? Gut, Schauspieler müssen das natürlich – aber sie müssen immerhin nicht den Namen von jedem einzelnen Zuschauer lernen, um später sein kreatives Können zu bewerten! Und wenn man nicht blitzartig die Namen der Schüler lernt, hat man ein Problem. Es gibt immer eine fröhliche Bande, der im Schutz der Anonymität schon das eine oder andere einfällt – und wenn ich nicht weiß, wie sie heißen, weiß ich ja nicht mal, ob sie anwesend sind.

Der Effekt ist nur mäßig, wenn ein Lehrer brüllt: »Du da im schwarzen Käppi, kein Breakdance im Klassenzimmer!« Ganz abgesehen von dem Gekicher, das durch den Raum schwirrt, wenn man Oskar mit Olle anspricht. Nicht, daß ich sie nicht verstehen würde, ich weiß noch ganz genau, wie es sich anfühlte, wenn eine Lehrerin mich ansah und Marianne oder Maria nannte.

Wenn man endlich alle Namen gelernt hat, ist das Halbjahr schon vorbei, und der nächste Haufen quillt herein. Doch ehe man sie ziehen läßt, muß man sie benoten, ohne sie miteinander zu verwechseln, und da gerate ich stets in ein moralisches Dilemma. Wie soll ich Veronica, im Zeichnen völlig untalentiert und mit weniger Phantasie begabt als ein Roggenbrot, eine schlechte Note geben? Sie hat sich das ganze Halbjahr redlich bemüht zu kapieren, worauf meine Aufgaben hinauslaufen, sie hat kalligrafiert und gezeichnet und fotografiert und gedruckt und mit Ton modelliert, während sich ihre Zunge fast im Mundwinkel verrenkt hat. Sie hat ganze Wochenenden lang Überstunden gemacht für irgendeine Aufgabe, die sie völlig falsch verstanden hatte, und jedes Mal, wenn sie irgendein schauderhaftes kleines Werk präsentierte, strahlten ihre Augen erwartungsvoll.

Und im selben Raum sitzt – zumindest dann und wann – Johanna, deren Augen hinter den schwarz gefärbten Ponysträhnen nur selten zu sehen sind. Sie demonstriert ihren allgemeinen Widerwillen durch halblautes Schnarchen, und manchmal, wenn sie die Augen schließt, kann man anhand von kleinen Zuckungen der Lider erahnen, daß sie über ein reiches Traumleben verfügt. Und dann – hebt sie plötzlich die Hand, schnappt sich einen Stift vom Nachbartisch und entwirft ein Plakat, und zwar so gekonnt, daß sie auf der Stelle von einer Werbeagentur engagiert werden könnte. Oder sie fingert aus Ton schnell und ungebeten eine Karikatur von Veronica zusammen, so lebensecht, daß die ganze Klasse zu lachen beginnt. Wenn man versucht sie zu loben, schnaubt sie nur und stapft davon. Soll sie die beste Note bekommen, nur weil sie über diese begabten Gene verfügt? Andererseits – sollen nur Fleiß und guter Wille mit guten Noten belohnt werden? Die tüchtigen Mädchen und Jungs? Soll Johanna dafür bestraft werden, daß sie spürt, aus der Schule nicht viel mitnehmen zu können, zumindest nicht aus dem Kunstunterricht?

Am liebsten würde ich die dürftigen Zeugnisse mit langen Fußnoten versehen, um wirklich allen Gerechtigkeit widerfahren zu lassen, das heißt, das täte ich gern, wenn ich zehn Schüler hätte und nicht dreihundert ... Schließlich benote ich das, was alle mit eigenen Augen sehen können, gebe Veronica eine etwas zu gute Note und Johanna eine etwas zu schlechte und muß dann trotzdem mit ansehen, wie Veronica die Schultern hängen läßt und ihre letzte krakelige Zeichnung zerreißt, während die Klasse empört fragt, warum Johanna nicht die Bestnote bekommen habe. Oh, wenn ich doch nur Mathe unterrichten würde, wo falsch falsch ist und richtig richtig und wo man in der Regel lernen kann, wie man zur Lösung gelangt.

Nein, darüber werde ich nicht nachdenken, ehe das Halbjahr seinem Ende zugeht. Deckel drauf.

Dann pflüge ich eilig durchs Lehrerzimmer und versuche so auszusehen, als müsse ich schnell zu einer wichtigen Besprechung. Ich halte es nicht aus, in der ersten Woche nach Halbjahresbeginn auf den Sofas im Lehrerzimmer zu hocken, wenn Schnorcheln auf den Malediven und kulinarische Reisen in die Toskana durch den Raum schwirren. »Und was habt *ihr* in den Ferien gemacht, Mariana?«

Eines schönen Tages werde ich selbstbewußt antworten: An warmen Tagen haben wir Würstchen auf dem Balkon gegrillt, und eines Abends bin ich in einer Sanddüne ganz in deiner Nähe gekommen.

Wer kann es sich schon leisten, arm zu sein?

Man kann doch einen Typen wie ihn nicht fragen, ob er vielleicht in seinem Lamborghini ein paar vollgepinkelte Shorts gefunden hat«, sagte Jenny ein paar Tage nach unserem Strandabenteuer. »Allerdings waren auch unsere neuen Badetücher in der Tüte, die hätte ich gern noch gehabt …«

»Okay, ich frage nach«, sagte ich. »Her mit der Karte. Du hast doch so eine Art Visitenkarte von diesem Janne bekommen, oder? Und was ist mit dem Geld für den Arzt, das er dir gegeben hat, hast du welches?«

»Am Dienstag in drei Wochen kann ich es ihm geben«, sagte sie. »Zumindest sieht die Planung momentan so aus. Dann bekomme ich den Unterhaltsvorschuß überwiesen. Zweihundertfünfzig hat er ausgelegt.«

Sie fischte eine Visitenkarte aus den Tiefen ihrer Tasche. Das Design war so elegant, daß kaum zu erkennen war, was draufstand, dünne Linien in Schwarz und Rot, Name und Adresse in einer unleserlichen modernen Variante der deutschen Frakturschrift. Außerdem war sie mit etwas Aprikosenmus aus einem Babygläschen und einem abgegessenen Lippenstiftmund garniert, das war Jennys Beitrag.

Ich schielte auf den Text. Jan Widing entzifferte ich schließlich. Keine Berufsbezeichnung, nur eine Telefonnummer ganz unten am Rand. Ich wette, er hat so ein Bildtelefon mit Farbdisplay. Eins, mit dem man Roulette spielen, die Verwandtschaft filmen und seine Steuererklärung machen kann. Während man spricht.

Ich wählte seine Nummer und gelangte zur Mailbox. »Hier spricht Jan. Ich rufe zurück«, sagte sie. Und dann folgte ein Piepton.

»Hier ist Tarzan, du weißt schon«, sagte ich. »Meine Freundin wollte dir noch Geld geben, und außerdem hätte sie gern eine Tüte zurück, die sie in deinem Auto vergessen hat. Kannst du dich melden und sagen, wo die Übergabe stattfinden kann? 15 08 34.«

O Mann, klang das nicht wie der Geheimcode für einen Drogendeal? Mit Codenamen und allen Schikanen! Na ja, wenn er sich nicht meldete und Jenny ihm die zweihundertfünfzig Kronen nicht geben mußte, konnte sie sich dafür ein neues Badetuch kaufen. Und er würde sich bestimmt nicht melden. Männer mit solchen Autos bewegten sich in anderen Kreisen. Ich erinnere mich noch an seine angeekelte Miene, als Jenny ihren durchnäßten Unglücksraben auf den Notsitz hob.

Wenig später holte ich Bella und Billy the Kid in der Kita ab. Eine Erzieherin kam mir schon in der Tür entgegen. Sie wand sich peinlich berührt. Ich wußte, warum. Schon wieder Billys Unterhosen, verdammt. Sie hatte es schon mal gesagt, mehrmals.

In der Kita wollen sie am besten gleich einen ganzen Stapel Unterhosen in Reserve, ab und zu passieren nämlich gewisse Dinge darin ... Und gerade Unterwäsche fehlt uns immer, denn die gibt es nie in Secondhand-Läden. Und in den Geschäften gibt es sie auch nicht gerade umsonst. Daher ist unsere Kiste in der Kita meistens leer.

»Ich weiß, ich weiß«, entschuldigte ich mich. »Auf dem Heimweg fahre ich bei Åhléns vorbei und kaufe ein Bündel. Ich hab es bloß vergessen.«

»Und Strümpfe«, murmelte sie.

Mich beschlich ein wehmütiges Gefühl, während ich die Kids anzog. Nicht weil ihre Klamotten der Mode ein paar Jahre hinterherhinkten, das ist ein Unglück, das wir ertragen können, sie wie ich. Sondern weil sie nicht ausreichend Unterwäsche hatten. Keine duftenden frischgewaschenen Stapel von kleingeblümten Höschen für Bella, keine coolen kleinen Boxershorts für Billy. Nur fusselige, verwaschene kleine Unterhosen, die ich im Dreierpack gekauft hatte. Und jetzt würden wir losgehen und noch ein paar kaufen. Manchmal lese ich von phantastischen Sonderangeboten in den Einkaufszentren am Stadtrand, wo einem die Sachen quasi hinterhergeworfen werden, sobald man seine Nase hineinsteckt. Aber das tut man nicht, wenn man kein Auto hat. Und zwei Kinder im Schlepptau. Dann kauft man brav in den teuren Geschäften um die Ecke ein, zusammen mit den Rentnern.

Bei Åhléns entdeckte Bella einen kleinen Tangaslip mit Kaninchen drauf. Einen Tangaslip! Mit Kaninchen! Bunnies für Pädophile? Und so teuer, als sei er aus Goldbrokat, zumindest wenn man den Quadratmeterpreis verglich. Ich sah an ihrer Körperhaltung, was sie dachte. Den ganzen Körper angespannt vor Anstrengung, sich nicht umzuschauen und mich flehend anzublicken. Ach, kleine Lieblings-Bella, Bellina, Belladonna!

Ich kaufte den Tangaslip. Macht mich das zu einer guten oder zu einer schlechten Mutter? Und Billy bekam einen Dreierpack Unterhosen und eine feine, etwas teurere, die er gleich im Geschäft anzog. Ehe wir ihn hindern konnten, zog er sich unter dem Wühltisch um, er ist so stolz, daß er es schon allein kann. Allerdings hat er sie außen über die Jeans gezogen ... Dann bekamen sie noch ein paar Strümpfe, und danach hatte ich noch dreizehn Kronen im Portemonnaie.

Abends, als wir Brote machen wollten, war die Butter zu Ende. Ich setzte mich aufs Fahrrad, um zum nächsten Laden zu fahren und ein Päckchen zu kaufen, das ist im Handumdrehen getan. Beziehungsweise wäre es gewesen, wenn mein Geld gereicht hätte, es fehlten drei Kronen für ein Paket Butter, und dabei hatte ich schon alle Taschen durchsucht.

Ich mußte zum Kiosk im Zentrum runterradeln, wo es Butter in Portionspackungen gibt. Zwei Stück kosteten beinahe so viel wie ein Dreihundert-Gramm-Paket, und sie würden morgen früh zu Ende sein.

Warum spricht niemals jemand davon, wie teuer es ist, arm zu sein?

Zeig mir, wie man das Pippi-Langstrumpf-Lied rülpst!

Mama hat die kleine Hose mit den Kaninchen drauf für mich gekauft, so eine, wie Amanda hat. Amanda hat auch eine Brille. Und sie kann das Pippi-Langstrumpf-Lied rülpsen. Ich will auch eine Brille. Und außerdem ist ihr großer Bruder aus Korea oder wie das heißt. Wir haben nur Billy, und der kommt gar nicht von irgendwo besonders her. Und klein ist er auch. Manchmal ist er wirklich eklig und sammelt Popel, die er unter das Fensterbrett in der Kita klebt, wo die Tante es nicht sieht, weil sie nur von oben guckt. Und am Abend hat Billy in Mamas Bett gemacht, als wir »Vierzehn Mäuse ziehen um« gelesen haben, Mama hat erst geglaubt, daß er krank war oder so, weil er sonst nicht ins Bett macht, wenn wir lesen oder wenn er allein ist, aber ich weiß, warum. Erst wollte er die neue Unterhose nicht schmutzig machen, und dann hat er vergessen, aufs Klo zu gehen. Mama hat verdammt gesagt.

Ich glaube, Papa kommt vielleicht im Sommer. Er war im vorvorigen Sommer oder so mal bei uns, aber da hatte er Angst vor jemandem, der böse zu ihm war. Er hat zu mir gesagt, bald kommen sie, Bella, und dann werden wir … Wenn er im Sommer kommt, zeige ich ihm meine neue Unterhose. Vielleicht kann er mir auch zeigen, wie man das Pippi-Langstrumpf-Lied rülpst, er kann so viel. Ich kann fast auf dem Kopf stehen. Amanda kann das nicht.

Übrigens heiratet die Tante in der Kita einen, der in einem Kino arbeitet. Sie darf ins Kino gehen, wann sie will. Amanda sagt, daß sie auch ins Kino darf, wann sie will, nur weil ihr Bruder aus Korea kommt.

Als Mama heute abend weg war und Butter gekauft hat, hat

Billy einen Popel hinter ihren Spiegel auf dem Tisch geklebt, wo sie die Lippenstifte und so hat. Das hat sie aber nicht gesehen.

Dann hat Mama jemanden angerufen und gesagt: Hallo, hier ist Tarzan. Warum hat sie das gesagt? Tarzan ist ein Affe, glaube ich. Erst klang sie ganz nett, aber dann ist sie irgendwie wütend geworden und rot im Gesicht. Ich hab versucht, Mama zuzuhören, aber Mama wollte, daß ich zu Billy gehe, aber was sollte ich denn bei ihm? Ich wollte nicht weggehen, und Mama hat angefangen, sich nett mit dem Affen zu unterhalten und so zu lachen, wie sie lacht, wenn sie ein Geheimnis hat, was eine Überraschung werden soll. Einmal hat sie eine Torte mit Mäusen aus Zucker für mich gemacht, als ich Geburtstag hatte, und ich durfte die Kerzen auspusten.

Und gerade als Mama so gelacht hat, ist Billy in der Küche von der Arbeitsplatte gefallen und hat geschrieen, und Mama hat tschüs zum Affen gesagt und ist in die Küche gerannt, und auf dem ganzen Fußboden war Kaukaupulver und Zucker. Billy hatte versucht Schokocreme zu machen. Und er hat die ganze Zeit geschrieen, und Mama hat geweint und Tante Jenny angerufen. Mama wollte mit Billy zum Arzt, und ich mußte mit der doofen Gabi in einem Bett schlafen, dabei macht die immer ins Bett, und ich hatte keinen Schlafanzug und keine Zahnbürste dabei, und Jenny und die haben noch nicht mal »Vierzehn Mäuse ziehen um«.

Dackel und chinesische Nackthunde

Plötzlich hatte ich ihre Stimme auf dem Anrufbeantworter, Tarzans Stimme. Ich hatte vergessen, wie sie eigentlich hieß, Maria, Marianne oder so. Ich erinnere mich nur noch an richtig guten Outdoorsex mit Grunzen und Knurren und Gekicher, der mich daran denken ließ, wie ich als Kind mit dem Mädchen aus dem Nachbarhaus herumgerangelt habe. Ja, es hatte wirklich ziemliche Ähnlichkeiten damit – ich war vielleicht zehn, zwölf Jahre und kapierte nicht so recht, was in meiner Shorts vor sich ging, nur daß ich immer und immer wieder rangeln wollte.

Immer wenn sie rauskam, lag ich auf der Lauer hinter den Johannisbeersträuchern. Und sie wollte mich immer zu sich hinabziehen und daß ich sie mit dem Unterkörper am Boden festnagelte, bis sie sagte »Ich ergebe mich!«, und dann wurde sie ganz schlapp und schlaff. Sie war einige Jahre älter als ich, und Gott weiß, was sie wußte oder wollte. Sobald sie »Ich ergebe mich!« gesagt hatte, stieg ich widerwillig von ihr herunter und erhob mich. Das war die Schulhofethik von gewöhnlichen, ehrenhaften Schlägereien, aber sie wirkte kein bißchen zufrieden darüber, sondern seufzte nur gelangweilt.

So machten wir herum, bis uns ihr Vater eines Tages erwischte und mich in ein aufblasbares Planschbecken schmiß, in dem gerade ihr Brüderchen badete. Der Alte brüllte, die Mutter kam heraus, das Mädel heulte, und ihr kleiner Bruder haute mir mit einem Eimer gegen den Kopf. Das hätte mich für den Rest meines Lebens von älteren Frauen abschrecken müssen.

Als ich diese Stimme auf dem Anrufbeantworter hörte, kehrte das Gefühl zurück, das Gefühl, ein Tier in der Hose zu haben, das herauskommen und ein Eigenleben führen wollte. Noch während ich über die Erinnerung schmunzelte, klingelte das Telefon.

»Hallo, hier ist Tarzan!«

Plötzlich bekam ich keinen Ton heraus. Wie hieß die Frau noch mal? Sie wußte bestimmt nicht mehr, wie ich hieß, dachte ich. Für sie war ich vermutlich nur ein besoffener Vergewaltiger mit Auto. Was wollte sie von mir? Ich meinte mich zu erinnern, daß sie mich wegen irgendeines Übergriffs anzeigen wollte, aber weshalb? Soweit ich noch wußte, war sie mit ausgebreiteten Armen und Beinen auf den Rücken gefallen, wie ein Buch, das sich an der Lieblingsstelle aufschlägt.

»Ja und?« sagte ich schließlich. Kurz angebunden.

Sie wollte die Tüte ihrer Freundin zurückhaben. Die ich wegschmeißen wollte, weil es im ganzen Auto nach Kinderpipi roch. Dann mußte sie eben kommen und sie abholen, sie stand in meiner Garage. Doch das wollte sie nicht, o nein! Ich hätte schließlich ein Auto. Sollte ich etwa quer durch die ganze Stadt fahren, um sie bei ihnen abzugeben? Im Leben nicht, dachte ich.

»Hör mal«, sagte ich. »Wie war noch mal dein Name? Woran ich mich am meisten erinnere, sind deine Brüste, wirklich. Wie Hundeohren.« Ich kalkulierte ganz kühl, daß sie jeglichen Kontakt abbrechen würde, und dann würde ich um diese Autofahrt herumkommen. Aber Tarzan reagierte ganz anders als erwartet.

»Welche Rasse?« fragte sie lediglich.

»Chinesischer Nackthund ...«, sagte ich verwirrt. »Haare auf der Brust hattest du jedenfalls nicht, das wüßte ich.«

Es klang so, als grinste sie, und zu meiner großen Verwunderung begannen wir plötzlich zu turteln wie zwei verdammte Tauben. Ich sah mich im Flurspiegel, und das Grinsen in meinem Gesicht ging von einem Ohr zum anderen. Eine Weile wechselten wir sweet nothing, und meine Hand hatte gerade angefangen, in der Hosentasche nach dem Autoschlüssel zu suchen, als in ihrem Hörer ein fürchterlicher Lärm ausbrach. Ein Kind schrie, als hätte es ein Messer im Leib, dann knackte es, und schließlich war ein Knall zu hören, der so kräftig war, daß ich den Hörer vom Ohr riß. Vermutlich war ihr Telefon auf den Boden gefallen. Dann hörte ich nur Geschrei und rasche Schritte und von weitem ihre Stimme: »Mein dummer kleiner Billy, was hast du denn gemacht, was ist, Billy, hör auf zu schreien, Billy, kannst du aufstehen ...?« Wenig später kam sie zurück und wollte anscheinend irgendwo anrufen. »Leg auf!« brüllte sie mir zu, dann machte es klick, und das war's.

Ich legte auf. Falls ich Tarzan jemals wiedersehen sollte, werde ich sie daran erinnern, daß es bei uns tatsächlich klick gemacht hat ...

Oh, wie beunruhigend. Ich scheine schon ein Wiedersehen zu planen, ja, sogar zu überlegen, was ich zu ihr sagen könnte. Volle Fahrt zurück! Ich weiß ja nicht mal, ob es einen Herrn Dackelohr im Hintergrund gibt. Und auf ihren Wurf rotziger Welpen kann ich gut und gern verzichten!

Eine ganz brauchbare Astronautin

Manchmal denke ich mir, daß ich eine gute Kampfpilotin wäre. Und daß ich vermutlich die Vorauswahl für die Astronautenausbildung der NASA schaffen würde, was Wachsamkeit und Simultankapazität betrifft. Alle alleinerziehenden Mütter von Kleinkindern werden so, wenn sie ein paar Jahre mit ihren kleinen Unglücksraben zusammengelebt haben. Die ganze Zeit passiert irgendwas hinter deinem Rücken, und es gilt, sich blitzschnell umzudrehen und auf alles gefaßt zu sein. Du kannst nie deine beiden Augen gleichzeitig in ein Buch versenken, selbst wenn du es noch so gerne willst, denn mit dem einen Auge mußt du ständig dein Jüngstes im Blick behalten, das vielleicht gerade versucht, an der Geranie auf dem Fensterbrett zu riechen und schon im nächsten Moment brüllend auf dem Boden sitzen kann, mit dem Blumentopf auf dem Kopf. Ganz zu schweigen davon, daß Kinder manchmal geradezu einen Todestrieb zu haben scheinen, wie damals, als Bella zwei Stricknadeln in die Steckdose steckte. Gott weiß, wie sie es dann geschafft hat, ich saß mit ihr im Krankenwagen, und ihr Herz pochte noch Stunden danach in dreifacher Geschwindigkeit, aber sie scheint keine bleibenden Schäden davongetragen zu haben.

Und dann Billy neulich abend. Ich stand am Telefon und flirtete mit dem Lamborghiniknaben – weiß Gott, warum –, als er plötzlich aus beinahe zwei Metern Höhe auf den Boden fiel, ein Zuckerpaket fest an sich gedrückt. »Mein Gott!« konnte ich noch denken, und dann sah ich vor meinem inneren Auge ein paar Seiten aus dem »Kinderarztbuch«, in dem ich so oft geblättert habe, bis ich gewisse Abschnitte auswendig konnte. Gehirnerschütterung, leichte. Gehirnerschütterung, schwere. Kann man mit ihm kommunizieren? Kann er sprechen? Ist er weiß im Gesicht? Darf er von der Stelle bewegt werden? Bruch eines Nackenwirbels?

Ich schluchzte und fluchte abwechselnd, und schließlich erwischte ich die arme Jenny, die schon schlief, weil sie Spätschicht gehabt und ihre Kinder endlich Ruhe gegeben hatten. Ich wickelte den schreienden Billy in eine Decke, und jeder Schrei drang direkt in mein zentrales Nervensystem und verursachte Chaos. Die Busse fuhren nicht mehr, und Billy brüllte wie am Spieß, und weil ich kein Geld fürs Taxi hatte, mußte ich mit den beiden Kindern losziehen und Bella bei Jenny abgeben, aber zum Glück ist es nicht so weit dorthin. Jenny überredete ihren Bruder, uns zum Krankenhaus zu bringen.

Er kam mit gestrenger Miene in einem neuen Volvo angerauscht und begann mir gleich einen Vortrag über die elterliche Fürsorgepflicht zu halten. »Und der Vater des Kindes? Sollte der nicht unterrichtet werden?« fragte er herablassend, und es war zu hören, daß er glaubte, daß ich a) nicht einmal wüßte, wer von den vielen Kerlen der Vater meines Kindes sei, oder daß ich b) eine verrückte herrschsüchtige Mutter sei, die einen armen verantwortungsbewußten Vater aus dem Leben seiner Kinder herauszuhalten versuchte. Ich konnte kein Wort darauf antworten, schließlich kann man nicht die Person ausschimpfen, die als einzige das schwerkranke Kind zum Arzt fahren könnte ... Aber wenn ich mir jemals SARS, diese tödliche Lungenentzündung, zuziehen sollte, dann werde ich mich mit meinen letzten Kräften zu ihm nach Hause schleppen und ihm mitten ins Gesicht husten!

Im Krankenhaus hatte niemand Zeit, um herumzumoralisieren. Wir warteten stundenlang darauf, daß Billy geröntgt werden sollte, während er schluchzend und hicksend einschlief, mit seiner Hand in meiner. Ob es wohl ein richtiger Schlaf war, oder glitt er womöglich in die Bewußtlosigkeit? Ins Koma?

»Wecken Sie ihn!« schrie mich eine Krankenschwester an, die gerade vorbeilief. »Fragen Sie ihn, ob er weiß, wo er ist!«

Ich folgte ihrer Anweisung: »Billy! Weißt du, wo du bist?«

Ich weinte die ganze Zeit.

»Nee …«, antwortete Billy schwach. Ich heulte noch mehr.

»Weißt du es denn gar nicht?«

»Neee …«, piepste er.

»Sind wir zu Hause, Billy?« schlug ich vor. Hatte er vielleicht einen Hirnschaden?

Er schnaufte. »Zu Hause! Blöde Mama! So sieht das doch nicht zu Hause aus! Wir sind im Krankenhaus. Aber ich weiß nicht, ob wir beim Ohrenarzt sind oder bei Jenny mit dem Baby!«

Billy war zweimal mit mir im Krankenhaus gewesen, einmal, als er Mittelohrentzündung hatte, und einmal zu Besuch bei Jenny in der Frauenklinik. Offensichtlich kein Hirnschaden. Vor Erleichterung heulte ich, daß die Tränen nur so spritzten.

Sie wollten ihn vorsichtshalber über Nacht zur Beobachtung dabehalten, und ich durfte in seinem Zimmer auf einem Sessel schlafen. Billy aß mit gesundem Appetit belegte Brote und schlief dann ruhig ein. Ich dagegen konnte kein Auge zutun, weil mein Magen so laut knurrte, denn die Verpflegung der Mütter gehört nicht zu den Verpflichtungen des Krankenhauses, und die Cafeteria war geschlossen.

Als ich mich am nächsten Morgen mit einem zwitschernden Billy an der Hand aus dem Krankenhaus schleppte, hätte niemand vermutet, daß er der Patient gewesen war. An diesem Tag würde ich nicht zur Arbeit gehen können, was zwei Tage Lohnabzug bedeutete. Es würde auch im nächsten Monat eng werden.

Safrantrüffelmedaillons oder Hamburger?

Und wohin gehen wir jetzt heute abend?« fragte Charlotte. »Wollen wir die Casa Alighieri ausprobieren? Die haben diesen Monat eine neue Speisekarte.«

»Entscheide du, Charlotte«, sagte ich. »Du bist viel weniger in der Stadt unterwegs als ich, hast aber den besseren Überblick. Ich wäre womöglich in irgendeinem Lokal mit einer alten Speisekarte gelandet!«

Sie zog einen Flunsch. Mag sein, daß sie meine Spitze bemerkt hatte, aber sie beschloß, darüber hinwegzugehen.

»Oho, sind wir heute etwas verdrießlich?« meinte sie nur. »Und wollen lieber was Schlichtes? Vielleicht Burger King?«

Die Wahrheit war, daß es mir im großen und ganzen scheißegal war, wo wir aßen. Es gab immer erlesenes frisch gebackenes Brot und gerührte Butter und einen Schluck Wein vor dem Essen. Immer irgendeine aufwendige Vorspeise in drei Etagen mit einem Thymianzweig als Krönung. Danach ein Hauptgericht aus krampfigen Kombinationen wie mit Chèvre gefüllte Nierchen an Honigkaramellsauce auf Kognakspiegel. Und immer lecker, natürlich. Aber trotzdem. Burger King, das wäre etwas Originelles und Frisches gewesen. Überraschung, Charlotte!

Es wurde die Casa Alighieri. Und als wir schon bestellt und die Vorspeise bekommen hatten, entdeckte Charlotte, daß die Speisekarte dieselbe war wie im Vormonat, und las dem Kellner die Leviten. Ich versuchte mich zu verstecken, indem ich hingerissen aus dem Fenster starrte, der Typ war ein ehemaliger Mitschüler von mir aus der Neunten.

»Wenn Sie schon mit einer neuen Speisekarte werben, dann erwartet man auch, daß Sie die Gerichte ändern und nicht nur ein paar zusätzliche Saucenflecke auf die alte kleckern!«

schnauzte Charlotte ihn an. Sie ist eine Frau, die Geschäftsführern in der Millionen-Euro-Klasse zu schlotternden Knien verhelfen kann.

»Wir mußten das leider verschieben, weil sich unser Chefkoch das Handgelenk gebrochen hat«, stotterte Kennet, mein alter Klassenkamerad. »Er ist der einzige, der gewisse ...«

»Das interessiert mich nicht! Das ist Ihr Problem! Ich erwarte eine reduzierte Rechnung!« Charlotte verbringt, wie gesagt, den größten Teil ihrer Zeit im Ausland und in anspruchsvolleren Kreisen und hat nur eine vage Vorstellung davon, was man in dieser Stadt unter ordentlichem Essen versteht. Und das Essen sei zweifellos sehr gut, selbst wenn es die Speisekarte des Vormonats sei, doch das sei eine andere Sache, sagte Charlotte.

Als sie auch noch eine fleckige Gabel entdeckte, stand sie einfach auf und rauschte aus dem Lokal, nachdem sie erklärt hatte, was sie vom Niveau des Restaurants hielt. Kennet stand hilflos da und glotzte ihr hinterher, er war nicht der Typ, der gewagt hätte einzugreifen. Und ich stand plötzlich am Scheideweg. Sollte ich einfach in ihrem Fahrwasser schwimmen oder ... Sie drehte sich nicht einmal um, um zu sehen, ob ich ihr folgte, davon ging sie einfach aus.

Plötzlich erwachte das Teufelchen in mir. Ich stand auf, gab Kennet einen Fünfhunderter und sagte, daß ich hoffte, es decke zumindest die Kosten für das Essen, das bereits auf unserem Tisch stand. Dann ging ich auf die Straße hinaus, wo Charlotte mit ungeduldiger Miene hastig an ihrer Gauloise zog.

»Kommst du mit zu Burger King?« fragte ich munter.

Sie lächelte und faßte das Ganze als einen Witz auf. Wir begannen nebeneinander die Hauptstraße entlangzugehen, während sie weiter ihre Auffassung über schwedische Restaurants darlegte. Vor Burger King blieb ich stehen und hielt ihr die Tür auf. Ein paar stark geschminkte Jugendliche, die an allen hervorstehenden Körperteilen gepierct waren, drängten sich an uns vorbei ins Freie. Charlotte sah mich verständnislos an. Dann schüttelte sie den Kopf.

»Ich merke schon, daß du heute abend komisch drauf bist«, sage sie. »Das kannst du ganz allein ausleben, mein Freund. Ich nehme mir dort drüben ein Taxi.« Und weg war sie.

Ich zuckte mit den Schultern und ging hinein. Ich war noch immer hungrig. An der Tür blieb ich stehen. Die Luft war vom Geruch des Fritierfetts gesättigt, und ich wette, wenn ich eine rohe Kartoffel in die Luft gehalten hätte, wäre sie innerhalb weniger Minuten zu Pommes Frites geworden. Gerade als ich mich umdrehte, um davonzugehen, entdeckte ich eine kleine Gesellschaft an einem Tisch ganz hinten in der Ecke. Es waren Tarzan und ihre beiden Kinder. Im selben Moment entdeckte sie mich. Sie winkte, und ich ging hinüber und setzte mich dazu.

Das ältere der Kinder, das von den Haarspangen her zu urteilen ein Mädchen war, starrte mich an, ohne die Augen niederzuschlagen.

»Mama! Das ist der Onkel, auf den du raufgesprungen bist!«

»Ich heiße Janne«, sagte ich zu ihr. »Ich bin neunundzwanzig und nicht mehr wütend.« Sie nickte, daß die Spangen nur so wippten.

Das kleinere Kind sagte gar nichts und sah mich nicht an. Der Junge starrte eine Portion Pommes, einen fettigen Cheeseburger und einen Colabecher an, der beinahe so groß war wie er selbst. Er saß mit gefalteten Händen da, als sei ihm soeben eine religiöse Offenbarung erschienen, mit Augen so groß wie Untertassen. Vermutlich bekam er nicht alle Tage einen Hamburger. Ich ging davon aus, daß sie normalerweise Vegetarier waren oder so.

Tarzan sah von dem Jungen zu mir.

»Wir feiern!« sagte sie. »Wir feiern, daß wir überhaupt am Leben sind, vor allem Billy the Kid. Ich mußte die Familienjuwelen verkaufen, um mir einen Besuch hier leisten zu können.«

Sie hatte keinen Burger vor sich, nur eine Tasse Kaffee, und sie verzog den Mund zu einem schiefen Lächeln über ihren kleinen Scherz. Oder das, was ich zu diesem Zeitpunkt für einen Scherz hielt.

»Darf man mitfeiern?« fragte ich, einer plötzlichen Eingebung folgend. »Ich hole mir auch einen Burger. Will jemand noch was? Ich geb eine Runde aus!«

»So ein Eis mit Bonbons drin!« rief das Mädchen, und ich nickte.

Tarzan schien einen inneren Kampf auszufechten, dann sagte sie: »Vielleicht sollte ich auch was essen, wenn ich es mir recht überlege. Dann nehme ich einen Chickenburger.« Sie sah verlegen und schuldbewußt aus.

Wir redeten über alltägliche Dinge, während wir aßen und der Junge sich methodisch durch seinen Berg von Pommes hindurchkaute. Der Burger schmeckte ausgezeichnet, auch ohne in Butter gebratene Artischockenherzen mit Safrantrüffelmedaillons. Ich versprach, ihr diese Tüte vorbeizubringen, und bekam ihre Adresse.

Abends konnte ich nicht einschlafen, ich fühlte mich wie von innen mit Grillfett eingepinselt und beschloß, am nächsten Tag eine Extrarunde Spinning einzulegen. Ich ertappte mich bei dem Gedanken, daß sie Burger King als ein Restaurant zum Feiern ausgewählt hatte, während ich aus reiner Langeweile hingegangen war. Etwas erstaunt war ich schon – von ihrem Äußeren her zu urteilen, hätte ich eher erwartet, sie irgendwo in einem Ökolokal eine Linsensuppe schlürfen zu sehen.

Dann dachte ich daran, daß unsere ganze Festmahlzeit für vier Personen bei Burger King vermutlich weniger gekostet hatte als das Glas Wein zur Vorspeise in der Casa Alighieri.

Vollblutweib empfängt zu Hause

Jetzt ist wieder totale Krise angesagt. Das erste Gehalt hat gerade mal gereicht, um alle aufgetretenen Löcher und Untiefen zu stopfen, die der Sommer hinterlassen hat, und wenn es mir nicht gelingt, innerhalb von einer Woche vierhundertzweiunddreißig Kronen hochzuhusten, stellen sie mir das Telefon ab. Und dann werde ich meine letzte zerbrechliche Verbindung zu Micke verlieren. Wir haben ihn seit zwei Jahren nicht mehr gesehen, aber irgendwo da draußen ist er, und manchmal ruft er an, zu merkwürdigen Zeiten und in unregelmäßigen Abständen.

Eine Zeitlang hielt er sich im Sommerhäuschen eines Freundes versteckt, Gott weiß, wovor er sich verstecken mußte. Einmal befand er sich in einer psychiatrischen Abteilung, da bin ich mir ziemlich sicher. Es hallte wie auf einem Korridor, und er erzählte von einem Arzt. Nach solchen Gesprächen habe ich mehrere Tage lang Beklemmungsgefühle in der Brust. Er plappert von unwichtigen Dingen, oft voller Glut und Enthusiasmus, aber wenn ich versuche, von den Kindern zu reden, wirkt er höflich zerstreut, als könne er sich nicht so recht daran erinnern, welche zu haben.

Ich habe darüber nachgedacht, mir einen Rufnummernanzeiger zu besorgen, um ihn aufspüren zu können, aber er ruft nicht öfter als einmal im halben Jahr an. Zu seiner Familie habe ich keinen Kontakt. Wir haben einmal seine Eltern besucht, als Bella gerade geboren war, aber sie haben unmißverständlich klargemacht, daß sie an einer verwandtschaftlichen Beziehung nicht interessiert sind. Im übrigen ist nur sein Vater ein leiblicher Elternteil. Einmal hat sich seine Mutter über Bellas Wagen gelehnt und zu Micke gemurmelt: »Und du bist dir sicher, daß es deins ist?«

»Allerdings, ich habe die ganze Kaufsumme abbezahlt und

mir das Exklusivrecht erworben«, antwortete Micke und starrte seine Stiefmutter an. Sie zuckte mit den Schultern. Und dann sind wir nie wieder hingegangen. Es kommt auf gar keinen Fall in Frage, mir bei denen Geld zu leihen.

Von meiner eigenen Mutter kann ich mir auch nichts borgen. Sobald ich zu Hause bei ihr in den Flur trete, beginnt sie sich darüber zu beschweren, wie teuer alles sei und wie mager ihre Rente. Manchmal glaube ich, daß sie es in erster Linie tut, um Betteleien von meiner Seite vorzubeugen, aber es ist sicher etwas dran. Sie hat es auch nicht gerade üppig. In besonders verzweifelten Situationen habe ich mir etwas von ihr geliehen, aber jede einzelne Krone war von langen Predigten darüber begleitet, wie sie mich vor Micke, diesem Verrückten, gewarnt hätte. Außerdem brauche ich meistens ziemlich lange, ehe ich es zurückgezahlt habe, weshalb man eine ganze Menge von Bemerkungen aushalten muß. Nein, nicht Mama.

Jenny kann ich nicht anpumpen, aus dem einfachen Grund, weil sie in der letzten Zeit versucht hat, mich anzupumpen. Ihr Fernseher ist kaputtgegangen, und sie hat einen neuen auf Ratenzahlung gekauft, was sie sich eigentlich nicht leisten kann. Außerdem hat sie einen Rückzahlungsplan mit dem Gerichtsvollzieher im Nacken, bei dem es um Kreditkartenschulden aus ihrer wilden Jugend geht.

In düsteren Stunden, wenn wir Lust auf ein Stück Marzipantorte haben, uns aber nur Suppenzwieback leisten können, planen Jenny und ich, gemeinsam ein Eckbordell zu eröffnen. Wir könnten in Schichten arbeiten, während diejenige von uns, die gerade frei hat, im anderen Zimmer auf all unsere Kinder aufpaßt. Es ist jedoch die Frage, ob es besonders witzig wäre, auf Elternabenden in der Kita oder im Schwimmbad mit ehemaligen Kunden zusammenzustoßen.

Das größte Problem wäre sicher, überhaupt Geld dafür zu bekommen. Die meisten Männer rechnen damit, daß solche wie wir, also alleinstehende Frauen mit Kindern, sich kostenlos zur Verfügung stellen und sich anschließend bedanken, daß sie bekommen haben, was sie brauchen. Das haben wir gemerkt, als wir ein paar Mal in Kneipen und Diskos waren. Und man kann schließlich keine Rechnungen ausstellen.

Sich Netzstrümpfe anzuziehen und die Männer auf dem Strich anzugraben ist heutzutage ein Ding der Unmöglichkeit, wegen der mörderischen Konkurrenz durch die armen Mädels aus dem Osten. Nein, natürlich meine ich es nicht ernst – man braucht Kokain und Schnaps bis an die Kiemen, wenn man die Berufsschäden in dieser Branche überstehen will. Eine Thermoskanne mit selbstgemixter Margarita dann und wann reicht nicht weit.

Ich will nicht, ich will nicht wieder Vollzeit arbeiten, selbst wenn ich eine Stelle angeboten bekäme. Eine Zeitlang war ich dazu gezwungen, denn ich hatte den Gerichtsvollzieher wegen Mickes hinterlassenen Rechnungen auf den Fersen. Ich zog die Kinder um halb sieben morgens mit Versprechungen und Drohungen aus den Betten, schob sie in die Kleider, während sie noch schliefen, schleifte sie greinend aus dem Haus und in die Kälte hinaus, schob den Kinderwagen mit Geschwistersitz die drei Kilometer zur Kita, wo man mir einen Platz zugewiesen hatte, lieferte sie dort ab und schnappte mir mein Fahrrad, das ich dort geparkt hatte – wenn niemand es über Nacht geklaut hatte. Dann radelte ich zu zwei, drei Grundschulen, wo ich den ganzen Tag einzelne Vertretungsstunden hatte. Der Unterricht lag nie so, daß ein freier Nachmittag entstanden wäre. Gegen fünf ging es wieder nach Hause und das Ganze rückwärts.

Einkaufen gehen mit zwei erschöpften Heulsusen, die im Konsummarkt nach weißem Zucker und schnellen Kalorien schrieen. Gott sei gedankt für das Kinderfernsehen, das einen in Ruhe kochen ließ – und dann Gutenachtgeschichte, Badezimmer und ab ins Bett mit den Kindern. Um die Abende mit Wäsche, Putzen und dem ewigen Einnähen von Namensschildchen auf Socken, Handschuhen und Unterhosen zu verbringen, wie die Kita es verlangt. Und mit der Vorbereitung von Stunden für Hunderte von widerwilligen pickligen Teenagern. Ich sage euch, und ich sage es immer wieder: *Das war kein Leben!*

Jetzt haben wir es besser, obwohl wir kaum genug fürs Essen haben. Ich habe dieses Halbjahr eine Vertretungsstelle auf Zweidrittelbasis – zwar hatte ein fieser Studiendirektor die Stunden zunächst so gelegt, daß ich trotzdem von acht bis fünf in der Schule hätte sein müssen, aber ausnahmsweise nutzte ich meine Weiblichkeit aus und ging zu ihm und heulte, daß die Tränen nur so spritzten, und sagte, daß ich doch auf Teilzeitbasis arbeite, um Zeit mit meinen Kindern zu haben. Sollte ich das etwa in den Freistunden tun? Er tätschelte mir beschützend den Rücken, und ich war kurz davor, ihm das Knie in den Schritt zu rammen, aber dann legte er den Stundenplan um. Und jetzt hole ich sie drei Tage die Woche nach dem Mittagessen in der Kita ab und arbeite an den verbleibenden zwei Tagen auch nachmittags – und wir haben tatsächlich ein Leben zusammen, die Kinder und ich.

Ein zerbrechliches Leben, denn sobald die Schule eine Vertretung auftreibt, die gewillt ist, Vollzeit zu arbeiten, bin ich wieder auf die Einzelstunden per Fahrrad angewiesen.

Hat jemand da draußen Interesse an einem Privatabo für ein Vollblutweib in den besten Jahren? Empfang zu Hause nach dreiundzwanzig Uhr. Deckgebühr mindestens fünfhundert Kronen, zuzüglich Mehrwertsteuer. Diskretion versprochen!

Janne vielleicht? Der sieht so aus, als ob er sich das leisten könnte!

Der Eismann als Pädophiler

*I*ch ertappte mich dabei, wie ich den Beutel mit der stinkenden Kinderunterhose mit spitzen Fingern anfaßte und auf dem Autositz eine Plastiktüte zum Schutz darunter legte. Wie zum Teufel halten Leute so was aus? Ich habe niemals den Wunsch verspürt, mit einer Meute Menschenwelpen zusammenzuleben, die einem um die Beine wuseln, und ich habe auch kein Bedürfnis, meine Gene in neuen Kombinationen wiederzufinden oder in teigigen Kleinkindgesichtern nach meinen eigenen Zügen zu suchen. Soll doch mein Geschlecht mit mir enden. Der letzte Mohikaner. Ich kann mir ja nicht mal vorstellen, einen Hund anzuschaffen.

Ich fuhr quer durch die Stadt und gelangte zu den heruntergekommenen grauen Hochhäusern von Äppelgården, einer Gegend, in die ich kaum jemals meinen Fuß gesetzt hatte. Apfelhof – was für ein heuchlerischer Name! Soll wohl ein bißchen nach Idylle klingen, ein bißchen Sozialer-Wohnungsbau-Idylle. Drei Viertel der Fläche sind von Wegen, Parkplätzen und Müllhäuschen bedeckt. Der Rest von schlecht gepflegten Spielplätzen mit rostigen Schaukelgestellen. Aber natürlich kreischten auch auf diesen Spielplätzen fröhliche Kinder. Scheint ein zähes Volk zu sein.

Nach einigem Suchen fand ich die Nummer 19 J und nahm einen stinkenden Fahrstuhl in den siebten Stock, M. Manfeldt. Klang ein bißchen wie der finnische Feldmarschall Mannerheim – tja, und etwas von einem Feldherren hat Tarzan schon. Man kann sie sich vorstellen, wie sie die dunklen Augenbrauen über einem Feldstecher verzieht, während sie mit der Hand das Zeichen zum Angriff gibt! Und dann, unter der Uniformjacke mit den ganzen Orden, zwei warme Dackelohren. Und ein brauner Bauch mit helleren, glänzenden Streifen. Sie hat behauptet, daß Frauen, die Kinder bekommen haben, solche hätten, ja, was weiß ich, solche Frauen pflege ich nicht heimzusuchen.

Ich zögerte ein wenig, ehe ich klingelte. Keine Antwort. Wollte gerade die Tüte an den Türgriff hängen, als sich der Briefschlitz von innen öffnete und ich ein neugieriges Auge darin entdeckte. Dann wurde am Schloß herumgefummelt, und das Haarspangenmädchen öffnete freudestrahlend die Tür. Hinter ihr stand der Junge, in Pullover und Jäckchen, aber mit nacktem Po. Aus dem einen Nasenloch hing ein langer, grüner Rotzfaden.

»Mama sagt, daß wir niemandem aufmachen dürfen!« sagte das Mädchen. »Aber dich *kennen* wir ja. Du hast *Eis* gekauft!«

»Eis!« nickte der Junge.

»Wo ist denn die Mama?«

»Muß was besorgen. Am Bankemat. Kommt bald.«

»Hast du Eis? Jetzt?« fragte der Junge und sah verstohlen in die Plastiktüte.

Da bekam ich wieder eine Eingebung. Verdammte Eingebungen, ich muß mir einen guten Seelenklempner suchen, der sie mir wegtherapiert! Sie führen nämlich immer zu Komplikationen.

»Ich hab kein Eis, aber wenn du eine Hose und Schuhe für deinen Bruder findest, können wir zum Kiosk gehen und welches kaufen«, sagte ich zu dem Mädchen. »Heute ist schönes Wetter. Eigentlich müßtet ihr draußen sein!« Für einen kurzen Moment fühlte ich mich reif und verantwortungsvoll und klang fast wie meine eigene Mutter.

Im Handumdrehen hatte sie ein Kleidungsstück für den Unterkörper des Jungen aufgetrieben und ihm Sandalen angezogen, natürlich vertauscht. Ich war sogar so verantwortungsvoll, daß ich eine Nachricht für Tarzan hinterließ, mit Wachsmalkreide auf der Rückseite einer Rechnung: »Die Kinder und ich genehmigen uns bei dem schönen Wetter ein Eis, wir sitzen unten am Kiosk. Janne.«

Die Kinder suchten lange aus, und dann setzten wir uns an die sonnige Kioskwand und aßen Eis. Danach wollten sie noch eins, und das bekamen sie auch. Ich fühlte mich wie der Weihnachtsmann höchstpersönlich, bis der kleine Junge sagte, daß ihm schlecht sei. Er hatte zwei gigantische Daim-Tüten in sich hineingestopft. Und das Mädchen sagte, daß sie mal müsse.

»Dann gehen wir einfach wieder zu euch hoch«, sagte ich, und das taten wir. Alles war eitel Sonnenschein, bis wir vor der verschlossenen Wohnungstür standen. Ich klingelte. Nichts passierte. Eine böse Ahnung hauchte mir eiskalt in den Nacken.

»Bella, du hast doch sicher einen Schlüssel?«

Sie schüttelte nachdrücklich den Kopf. Kein Schlüssel.

»Ich hab ein Schlüssel!« sagte Billy freudestrahlend, aber etwas überraschend.

»Wirklich? Wie gut. Kannst du ihn mir geben?«

Er wühlte eine Weile in der Tasche und zog einen fleckigen Schlüssel heraus. Ich steckte ihn ins Schloß – das heißt, ich hätte es getan, wenn er gepaßt hätte.

»Aber ... das ist nicht euer Wohnungsschlüssel, oder?« sagte ich dümmlich.

»Nee.«

»Zu welcher Tür paßt der denn?«

»Weiß nicht.«

»Er hat ihn vor dem ICA-Markt gefunden«, sagte Bella sachlich.

Mir begann das Knifflige an der Situation aufzugehen. Ich stand hier mit zwei wildfremden Kindern, für die ich die Verantwortung übernommen hatte, indem ich sie aus ihrem eigenen geborgenen Zuhause geschleppt hatte. Was sollte ich mit ihnen tun?

Plötzlich hatte ich eine Idee.

»Bella, wie ist die Handynummer deiner Mama?«

»Was?«

»Deine Mama hat doch bestimmt ihr Handy dabei? So ein kleines?« Ich zeigte ihr meins.

»Nee. So eins hat sie nicht.«

Das neueste Jahresmodell, extrem klein und leicht, vielleicht nicht gerade so eins.

»Aber vielleicht hat sie ein etwas größeres?«

»Nee. Ich muß mal, jetzt!«

»Weißt du denn die Nummer von ihrer Arbeit?« probierte ich es und wurde immer verzweifelter.

»Nee.«

»Wo arbeitet sie denn?«

»In der Schule.«

»Welche Schule?«

»Eben in der *Schule*, du Dummkopf! Ich mach gleich in die Hose!«

Ich wußte nicht, was ich tun sollte, und klingelte beim nächsten Nachbarn. Keine Antwort. Natürlich arbeiteten die Leute um diese Zeit.

Mit zwei quengelnden Kleinkindern im Schlepptau begann ich mich das Hochhaus hinunterzuklingeln. Im vierten Stock fanden wir endlich eine Frau, die gewillt war, uns hineinzubitten und Bella aufs Klo gehen zu lassen, aber dann wurde es unangenehm.

»Sind Sie der Vater der Kinder?«

»Nein, ich bin ihr Onkel«, log ich. Die Wahrheit war zu kompliziert.

»Das bist du gar nicht!« schnaubte Bella. »Du bist nur ein Onkel, auf den Mama raufgesprungen ist.«

»Raufgesprungen?« sagte die Frau. »Meine Kleine, kennst du diesen Onkel nicht?«

»Neee ... aber er hat uns Eis gegeben!«

Ich konnte die Gedanken der Frau lesen. Mutmaßlicher Pädophiler, den Kindern unbekannt, lädt sie zum Eis ein. Die Polizei anrufen!

»Dürfen die Kinder hier bleiben, bis ihre Mutter nach Hause kommt?« fragte ich hastig. »Sie haben ihren Schlüssel vergessen, und ich muß jetzt gehen.«

Sie sah mich mißtrauisch an. Ganz schön eilig hat er es auf einmal, nicht wahr?

»Wie war Ihr Name?«

Ich gab ihr meine Karte. Sie hielt sie von sich weg, als könne sie sie anspringen und beißen.

»Ich kann nicht auf die Kinder aufpassen«, sagte sie. »Ich muß bald zur Arbeit.«

Und kein Tarzan zu sehen, soweit das Auge reichte. Herrgott, wo blieb sie nur? Wenn sie sich von einem Auto hatte überfahren lassen, würde ich dann auf immer und ewig an diese beiden Kids gekettet sein? Als unfreiwilliger Stiefvater? Ich beschloß, die Initiative zu ergreifen.

»Ich sehe keinen anderen Ausweg, als daß Sie mit den Kindern zur Polizei gehen«, sagte ich gebieterisch. »Ich werde anderweitig erwartet und kann die Kinder nicht mitnehmen. Vielleicht können Sie denen die Angelegenheit erklären, dann kann die Polizei sich auf die Suche nach der Mutter machen.« Es fehlte nicht viel, und ich hätte sie »gute Frau« genannt.

»Ich?« sagte sie. »Seit wann ist das mein Problem? Gehen Sie doch selbst zur Polizei! Falls Sie irgendwo eine Polizeiwache entdecken, hier in der Nähe gibt es jedenfalls keine! Aber Sie können sicher sein: Sollte diesen Kindern etwas zustoßen, kann ich eine vollständige Personenbeschreibung von Ihnen abgeben!«

Die beiden Kinder schienen die Lage zu peilen. Sie begannen zu heulen, genau gleichzeitig.

Weil er ein Indiot ist

Wir sind mit dem Polizeiwagen gefahren, Billy und ich. Amanda sagt, daß sie schon ganz oft mit dem Polizeiwagen gefahren ist, aber da glaub ich nicht dran. Sie denkt sich das nur aus, weil sie neidisch ist.

Als wir mit dem Eismann zur Polizei gegangen sind, war er erst mal total sauer, obwohl er am Anfang so nett war und uns Daim-Eis gekauft hat. Und als wir dann nicht bei dieser Tante bleiben durften, sind wir wieder hoch zu unserer Tür gegangen und haben geklingelt, aber keiner hat aufgemacht, und Billy hat angefangen zu heulen und hat nach Mama gerufen und gegen die Tür getreten. Da ist der Eismann sauer geworden und hat gesagt, ist das eine Scheiße.

Dann durften wir mit in sein Auto, und das war ganz schön, obwohl es kein Dach hatte. Und dann kamen wir zur Polizei, und der Eismann hat mit denen geredet und geredet, und dann haben die angefangen, auf der Maschine zu schreiben, was er gesagt hat. Dann ist er gegangen, und der Polizist hat gesagt, wir melden uns, und dann durften wir an einem Tisch sitzen und malen. Billy hat ganz viele Polizisten gemalt, das hat man an den Mützen gesehen, und ich habe Gefängnisse mit Gittern gemalt. Dabei gab es da keine Gitter.

Und auf einmal ist Mama gekommen und hat uns ganz doll umarmt und hat um Himmels willen gesagt. Und dann hat der Polizist angefangen aufzuschreiben, was sie gesagt hat, und sie ist wütend geworden, das habe ich gehört. Sie hat gesagt: Ich hab zu Bella gesagt, sie soll niemandem aufmachen, den sie nicht kennt, aber sie war wohl der Meinung, daß sie ihn kennt, und ich war nur zwanzig Minuten weg. Werde ich jetzt ander … anderklagt?

Ja, und dann sind wir mit dem Polizeiwagen zurückgefahren.

Und ich hab zu Mama gesagt, wir könnten doch zum Eismann fahren, und er könnte uns vielleicht wieder bei Bürgerking einladen und feiern, daß wir am Leben sind, so wie neulich? Weil ich nämlich total hungrig war.

Und da hat Mama gesagt, diesen Eismann wollen wir gar nicht mehr treffen, weil er ein Indiot ist.

Ich pfeif auf deine Selbstachtung!

*I*ch weiß nicht, wie viele Schocks ich noch packe, ehe sie mich per Schnelltransport in die Klapse bringen. Erst Billys Gehirnerschütterung und jetzt das.

Da kam ich frohen Mutes nach Hause, denn ich hatte mir von meinem netten Kollegen Stellan Geld für die Telefonrechnung geliehen. Ich stellte den Fernseher an, wo gerade das Lieblingsprogramm der Kinder lief, und normalerweise kann man sie nicht mal mit der Brechstange vom Fernseher loseisen, solange es läuft. Ich wollte nur zur Bank und das Geld überweisen, ich rechnete damit, daß es höchstens zwanzig Minuten dauern würde. Mag sein, daß es eine halbe Stunde dauerte, jedenfalls ging ich noch zum Supermarkt und kaufte einen Liter Milch und ein paar Eier, um Pfannkuchen zu machen. Und dann ab nach Hause.

Ich klingelte. Von drinnen war nichts zu hören. Die Schlüssel lagen auf dem Tisch im Flur, Bella öffnet mir immer, und sie weiß sehr wohl, daß sie niemandem öffnen soll, den sie nicht kennt. Aber es war nichts zu hören. Mein Herz machte einen Salto. Ich rief durch den Briefschlitz: »Bella! Billy!« Nichts. Ich stürmte wieder zum Fahrstuhl, fuhr die sieben Stockwerke zum Hof hinunter und begann zu brüllen, daß es zwischen den Hauswänden widerhallte: »Bella! Billy!« Mittlerweile schlug mein Herz nicht nur Saltos, es machte auch Kunststücke am Trapez und tanzte auf dem Seil. Ich habe noch nie solch eine Angst gehabt. Was konnte passiert sein? Hatten sie am Fenster gespielt, obwohl es strengstens verboten war? Hatten sie an den Steckdosen herumgefummelt und lagen dort drinnen bewußtlos herum? Waren sie hinausgelaufen und von einem Missetäter in einen dunklen Keller gelockt worden? Ich lief schreiend herum. Die Tüte mit der Milch und den Eiern schlug idiotisch gegen mein Bein, die Eier gingen kaputt und begannen aus dem Beutel zu tropfen.

Mittlerweile weiß ich, daß Janne ungefähr zeitgleich mit einer Nachbarin im vierten Stock herumzankte, aber zu diesem Zeitpunkt wußte ich es noch nicht und konnte nicht einmal in unsere Wohnung hinein und dort warten. Verzweifelt schluchzend machte ich mich auf den Weg zur Polizei, wo sich das Ganze aufklärte, doch als ich ihre beiden dummen Köpfchen sah, wollte ich sie am liebsten zugleich schlagen und halbtot drücken. Und dann brauchten wir die Hilfe des Schlüsseldienstes, um die Wohnungstür zu öffnen, noch eine Ausgabe, die ich mir eigentlich nicht leisten konnte.

Als ich sie an diesem Abend ins Bett gesteckt hatte, war ich so außer mir vor Wut, daß ich rastlos in der Wohnung auf und ab ging und gegen Türen und Schränke trat. Dann und wann rammte ich meine Faust in etwas Unzerbrechliches. Wie konnte er es nur wagen, der Idiot! Einfach so mit meinen Kindern loszuziehen? Und zu denken, daß er sie bei irgendeinem unbekannten Menschen im vierten Stock abgeben und selbst einfach verschwinden könnte? Verdammter unreifer Rotzlöffel, ich würde ihm den Lamborghini in den Arsch fahren! Und dort parken!

Ich war so sauer, daß ich mich nicht mal traute, ihn anzurufen. Schließlich setzte ich mich hin, atmete fünfmal tief durch, versuchte an Tauben und milde Westwinde zu denken – und dann rief ich ihn an.

Gerade als ich Anlauf genommen hatte, um meine ehrliche Meinung abzufeuern, sagte er: »Stop! Stop! Stop! Ich sehe, daß du es bist, Mariana, und noch ehe du einen einzigen Laut von dir gibst, will ich dir sagen, daß alles, was du vermutlich loswerden willst, ganz richtig ist. Ich habe mich benommen wie der hinterletzte Idiot, und es gibt nicht die geringste Entschuldigung, weshalb ich gar nicht erst eine vorbringen werde. Es ist ganz klar, daß ich nicht einfach mit deinen Kindern hätte losziehen dürfen.«

Nun, das bremste mich sozusagen schon im Anlauf. Ich konnte nur zustimmen und zischte bloß: »Komm nie wieder in die Nähe meiner Kinder!«

»Ich hab mir was ausgedacht«, sagte er. »Vermutlich habe ich so wenig Überblick, was Kinder betrifft, daß ich eine Gefahr für die allgemeine Sicherheit darstelle. Du würdest der Menschheit eine Wohltat erweisen, wenn du deinen letzten Satz streichen und mich etwas zur Wiedergutmachung tun lassen würdest. Vielleicht mit euch zum Eurodisney fahren. Wenn ich das dürfte – von dir aus?«

Zum zweiten Mal an diesem Tag fielen mir die Ohren fast ab. Zum Eurodisney! In Frankreich! Nein, nein, nein, ich durfte nicht schon wieder an so einen Spinner geraten sein! Hatte ich die Quote in den Jahren mit Micke nicht mehr als genug erfüllt? Ich zischte und fauchte.

»Okay, okay, das wäre vielleicht ein bißchen übertrieben«, sagte er. »Aber ich will wirklich gern was Nettes für euch tun, Mariana. Und sei es nur, um meine Selbstachtung zurückzugewinnen.«

»Ich pfeif auf deine Selbstachtung! Solche wie du sollten keine Selbstachtung haben, sondern so eine Selbstverachtung, daß ihr euch nur so auf dem Boden wälzt. Dann wärt ihr vielleicht ungefährlicher!«

Er tat so, als hätte er es nicht gehört. »Kino, Jahrmarkt, Restaurant?« fragte er. »Bitte.«

»Kino, Jahrmarkt, Restaurant?« äffte ich ihn nach. Plötzlich hörte ich Bellas »Können wir nicht zum Eismann gehen, vielleicht lädt er uns wieder bei Bürgerking ein …« Tja. Beggars can't be choosers. Bella hatte bald Geburtstag, und jedes Öre war für die Telefonrechnung draufgegangen. Ich dachte eine Weile nach.

»Wir machen es so«, sagte ich. »Bella wird am Sonntag sechs Jahre alt. Dann lädst du uns in die Konditorei ein, uns und meine Freundin Jenny mit ihren beiden Kindern. Das könnte eine angemessene Strafe für dich sein. Und dann sind wir quitt!«

»Prima«, sagte er fröhlich. »Wir treffen uns vor der Neuen Konditorei in der Storgatan … drei Uhr, paßt das mit euren Essenszeiten?«

Aha, jetzt versuchte er verantwortungsvoll und umsichtig zu wirken. Paßt das mit euren Essenszeiten, oder was?

»Ja, alles klar«, sagte ich.

Wenn man schon mit dem Gedanken spielt, ein Bordell zu eröffnen, kann man doch wohl für einen Konditoreibesuch seinen Stolz runterschlucken?

Ich weiß, warum der Weihnachtsmann ho ho ho sagt

Es wurde ein unvergeßlicher Tag, im Guten wie im Bösen. Die Autositze werden sich reinigen lassen, der Fleck auf dem Stuhl der Konditorei ist nicht mein Problem. Aber ansonsten war alles an diesem Tag ein einziges großes Gelächter. Meine Bauchmuskeln schmerzen immer noch.

Ich hatte schon ein bißchen in die Geschenke investiert. Ich hatte für das Mädchen ein richtiges Prinzessinnenkleid in der Größe einer Sechsjährigen, ein Goldherz an einer Halskette und eine große herzförmige Pralinenschachtel gekauft. Und für den kleinen Jungen hatte ich einen Action Man besorgt, damit er nicht neidisch würde, ein nobler Zug von mir, fand ich. Die Geschenke lagen auf einem festlich gedeckten Tisch in der Konditorei, das Kleid war in Goldpapier verpackt und mit einem regenbogenfarbenen Geschenkband versehen. Außerdem hatte ich eine rosafarbene Marzipantorte voller Rosen bestellt, auf der in geschwungener Schokoladenschrift »Bella 6 Jahre« stand. Und ich hatte geplant, daß wir hinterher auf den Jahrmarkt gehen würden.

Tarzan konnte sich eine spitze Bemerkung natürlich nicht verkneifen. Sie kam mit ihrer kleinen Schar vom Bus angetrabt, in Sonntagskleidung, gekämmt und geschneuzt, und sie selbst zur Feier des Tages mit Lippenstift und hochhackigen Schuhen. Die pastellfarbene Jenny kam in schwarzem Lederrock und hatte ihre Haare in Stachelform gestylt, immer mal was Neues! Zwei Kinderwagen mit Geschwistersitzen führten den Zug an.

Als Tarzan den Tisch mit der Torte und den Geschenken entdeckte, verzog sie ihre buschigen Augenbrauen, und als Bella das Päckchen mit dem Kleid öffnete, murmelte sie zu Jenny: »Oh, was ist das denn? Pretty Woman als Kinderfilm?«

Jenny boxte sie in die Seite, aber ich errötete ein wenig. Vielleicht hatte ich es doch etwas übertrieben. Dabei weiß ich noch nicht mal, warum ich es getan habe. Es liegt wohl etwas Unwiderstehliches in der Weihnachtsmannrolle. Ich verstehe sehr gut, warum er die ganze Zeit »ho ho ho« sagt.

Die Kinder dagegen freuten sich wie die Schneekönige. Bella gab vor Freude über das Kleid kleine »Oh«- und »Ah«-Seufzer von sich, und dann warf sie einen vorsichtigen Blick zu Mariana hinüber: »Das ist schon für mich, oder, Mama?«

Es war ein Kleid in rosafarbener Naturseide mit Stickereien an der Brust, Spitzenkragen und kleinen glitzernden Pailletten am Gürtel. Sie hatte eine Jeans und ein T-Shirt mit einem Pferd an, und ihr Haar war in Rattenschwänzen mit quietschgrünen Haargummis frisiert. Ich hatte das Gefühl, daß sie Pailletten und Spitzen nicht gerade häufig trug.

Ein paar Sekunden lang vibrierten Marianas Augenbrauen drohend, dann platzte sie herzhaft lachend heraus: »Natürlich, meine Kleine! Du kannst es auf allen Bällen tragen, auf die du eingeladen wirst.«

Bella sah sie fragend an, und sie fügte rasch hinzu: »Und natürlich beim Kita-Fest nächste Woche. Du wirst schöner sein als Amanda!«

Bella strahlte eine Weile, dann begann sie sich mit ihrem kleinen Bruder um den Action Man zu streiten. Sie kniff ihn heimlich unter dem Tisch und wies ihn zischend darauf hin, daß er auch für sie sei, denn sie habe schließlich Geburtstag. Währenddessen aß Kalle die halbe Pralinenschachtel leer, die Bella für einen kurzen Moment aus den Augen verloren hatte, und da er eben erst ein Tortenstück von der Größe eines Fahrradsattels in sich hineingestopft hatte, wurde er allmählich grün im Gesicht. Die Farbe harmonierte gut mit der braunen Schokoladenmasse, die sein Gesicht girlandenartig schmückte. Im Kinderwagen, den wir gnädigerweise mit ins Lokal hatten nehmen dürfen, brüllte die Jüngste, und Jenny nahm sie hoch und stillte sie am Tisch. Ein älterer Herr wandte sich beim Anblick ihrer blaugeäderten weißen Brüste angewidert ab, und Bella fragte wißbegierig: »Was ist eigentlich unan … unständig?«

Billy the Kid hatte die Gelegenheit ergriffen, sich wieder den Action Man zu schnappen, während Bella sich mit Kalle um die Reste aus der Pralinenschachtel zankte. Er hatte den Karton zu einer Art Maschine zusammengefaltet, mit der er unerschrocken zwischen den Kaffeetassen auf dem Serviertisch umherfuhr, bis die Kellnerin kam und ihn zurechtwies. Da setzte er sich errötend und enttäuscht auf den Schoß seiner Mutter und schwieg. Nach etwa einer Stunde trieben wir die Schar zusammen, und dann fuhr ich sie in mehreren Touren zum Jahrmarkt. Die Weihnachtsmannfreude legte sich ein wenig, als wir dort waren. Die beiden folgenden Stunden habe ich als eine fortlaufende Jagd auf verschwundene Kinder im Gedächtnis. Sobald man eines eingefangen hatte, verschwand ein anderes. Meistens mußten Mariana und ich sie jagen, denn Jenny konnte ihre Kleine nicht alleinlassen.

Ich weiß noch, wie früher im Physikunterricht einmal ein Becher mit Quecksilber umkippte und wir die restliche Stunde damit verbrachten, es wieder zusammenzukratzen. Es war beinahe unmöglich, denn sobald sich der große Tropfen teilte, kullerten lauter kleine Tropfen in alle Richtungen davon. Ungefähr so war es mit den Kindern. Und ständig mußten sie aufs Klo oder etwas essen. Billys Haar war rosa vor lauter Zuckerwatte, Bella flennte wegen eines weggeflogenen Ballons, und in der Geisterbahn brüllte Kalle wie am Spieß und mußte schließlich durch die Hintertür hinausgetragen werden. Die Mütter galoppierten herum, trösteten und putzten den Kindern die Nase und verteilten Ratschläge und Anweisungen.

Kalle kotzte später in mein Auto. Bella weigerte sich, das Kleid loszulassen, das sie mit beiden Händen an die Brust gedrückt hielt. Sie wäre beinahe aus dem Riesenrad gefallen, weil sie sich nicht festhalten konnte. Billy hatte den Action Man schon kaputtgekriegt. Und die Kleine brüllte, denn sie hatte keinen Mittagsschlaf bekommen.

Als wir an Marianas Tür gekommen und die Kids hineingewackelt waren, drehte sie sich zu mir um und hielt mir etwas hin. Es war die Schachtel vom Juwelier mit dem Goldherz.

Wir hatten an diesem Tag kaum ein Wort miteinander wechseln können, doch jetzt sagte sie: »Ich weiß deinen guten Willen zu schätzen, aber so ein teures Geschenk können wir nicht annehmen. Es wäre einfach kein gutes Gefühl. Vielen Dank also, aber leider nein.«

»Der Schmuck ist gekauft und bezahlt, und die Quittung habe ich verschusselt«, sagte ich. »Ich kenne sonst keine kleinen Mädchen, und wie würde ich wohl mit einem Goldherz aussehen? Behalte es oder schmeiß es weg!«

Sie tätschelte mir die Wange. »Ich glaube, du würdest mit Goldherz richtig niedlich aussehen, Klein-Janne«, sagte sie. »Aber selber schuld. Ich kann sicher noch ein paar Kronen dafür bei der Pfandleihe rausschlagen ...«

Noch immer glaubte ich, sie machte einen Witz.

Aus der Wohnung war wütendes Gebrüll zu hören. Sie bedankte und verabschiedete sich hastig und schob die Tür zu. Ein bißchen enttäuschend war es schon. Im Fahrstuhl hatte ich uns schon mit zwei Gläsern Rotwein auf dem Sofa sitzen sehen, während die Kinder friedlich in ihren Betten schnauften. Aber mir war klar, daß wir noch ein ganzes Stück von einem solchen Zustand entfernt waren, weshalb ich zur geschlossenen Tür »schon gut« sagte und mich zu dem nach Erbrochenem duftenden Auto hinunterschleppte.

An diesem Abend schlief ich sozusagen ungewiegt ein.

Der Virus ist schon wieder mutiert

Janne ähnelte immer mehr einer Herbsterkältung – gerade wenn man glaubte, man sei ihn los, kehrte er in mutierter Form zurück. Und man konnte sich nicht vor ihm schützen. Er tauchte ganz einfach einmal pro Woche vor der Tür auf, und die Kinder jauchzten begeistert, zogen ihn in die Wohnung und begannen nach Geschenken zu stöbern.

Ich weiß wirklich nicht, was er von uns wollte. Er machte keine Vorstöße in meine Richtung, irgendwie paßte es nie so richtig. Außerdem sorgte ich immer dafür, daß die Kinder zwischen ihm und mir saßen, damit keine Mißverständnisse aufkamen. Höchstens eine linkische Umarmung im Flur, nachdem ich ihm erklärt hatte, ich werde jetzt die Kinder ins Bett bringen, weshalb er gehen müsse. Dabei war es von Anfang an offensichtlich, daß er kein netter Onkel mit einem guten Händchen für Kinder war. Er sagte und tat immer die falschen Dinge. Die Kinder mochten es zwar, wenn er Geschenke brachte, aber sobald er sie wegen der einen oder anderen Sache ermahnte, zuckten sie mit den Schultern und sagten: »Aber von Mama aus dürfen wir das.« Als er einmal mit seinen zwei linken Händen eine kaputte Schranktür in der Küche reparieren wollte, kam Bella herein und starrte ihn mit gerunzelten Augenbrauen an. Ich hatte Mickes alten Werkzeugkasten hervorgeholt.

»Die Tür soll Papa reparieren!« sagte sie. »Weil das sind seine Werkzeugsachen.«

Janne sah nicht auf. »Wann kommt der Papa denn?« fragte er. Wir hatten nie über Micke gesprochen. Es gab sicher das eine oder andere, was er gern gewußt hätte. Ich stand im Flur und lauschte.

»Papa kommt bald. Zu Weihnachten oder im Sommer oder zum Skiwettlaufen in der Kita!« sagte sie. Kleine Bella Bellissima, sie weiß es nicht, und mir ist klar, daß ich mit ihr darüber reden muß, es fällt mir nur so schwer.

»Aha. Und wo ist er jetzt?« erkundigte sich Janne.

Kann dir doch scheißegal sein, dachte ich und wollte gerade eingreifen. Da sagte Bella: »Papa ist im Irrenhaus. Das hat Oma am Telefon gesagt. Aber sag das nicht zu Mama, das soll nämlich eine Überraschung werden.«

Janne schwieg eine ganze Weile, dann sagte er: »Was ist denn ein Irrenhaus, Bella?«

Sie seufzte. »Weißt du das nicht? Das große gelbe Haus mitten auf dem Marktplatz mit den Glastüren und den ganzen Schildern. Wo die ganzen Leute drinsitzen, die entscheiden!«

Ich brach beinahe zusammen hinter meiner Küchentür. Meine unsäglich gedankenlose Mutter hatte Bella davon erzählt, und meine Tochter hatte es völlig mißverstanden und das »Irrenhaus« mit dem großen gelben Rathaus am Markt verwechselt. Dort befanden sich mehrere Gemeindeämter, wo Bella ein paarmal mit Micke gewesen war.

»Und weißt du was? Weißt du, was es dort im Irrenhaus gibt?« fragte Bella herablassend.

»Nein?«

»Bücher! Das hat Papa mir gezeigt. Wir waren mal in einem Amt, wo man anstehen kann, um Grundbücher zu kaufen. Das stand auf dem Schild. Und Papa will Mama auch so ein Buch mitbringen. Das soll aber eine Überraschung werden.«

Grundbuch! Tja, das paßte zu Mickes etwas bizarrem Witz, seinem kleinen Mädchen einzureden, daß es im Grundbuchamt Bücher zu kaufen gebe. Er war mehrmals im Grundbuchamt gewesen, weil er sich mit dem Gedanken trug, ein Grundstück zu erwerben. Das war in einer seiner helleren Phasen gewesen, als er wollte, daß wir uns ein Blockhaus am Meer bauten und von dem lebten, was die Erde uns schenkte. Ich hatte nicht einmal die Kraft gehabt, zu widersprechen, aber ein Grundstück hätten wir uns ja ohnehin nie leisten können.

Janne war erstaunlich feinfühlig.

»Er wirkt sehr lieb, dein Papa«, sagte er. »Und du hast sicher recht, er kommt bestimmt bald. Es wäre nett, ihn mal kennenzulernen.«

Bella hüpfte zufrieden auf einem Bein ins Badezimmer, wo sie laut plätschernd pinkelte und anschließend ein paar Meter Toilettenpapier von der Rolle zog. Ich ging in die Küche.

»Ich mag es nicht, wenn du die Kinder ausfragst, Janne. Aber du hast ja zum Glück noch die Kurve gekriegt.«

»Kannst du nicht ein bißchen von ihrem Vater erzählen?« fragte er. »Ist er ... ist er krank?«

»Nein« sagte ich kurz. »Ich kann nichts erzählen, meine ich.«

Wir schwiegen eine Weile. Janne musterte mißmutig die Schranktür. Es war ihm gelungen, ein paar neue Löcher hineinzuhacken, doch sie war genauso schief wie vorher.

Danke, mein gütiger Herr, Gott segne Sie!

Zwei Stunden später hatte Janne es geschafft, die Tür völlig zu ruinieren. Verdammter Typ! Und ich konnte ihn nicht gerade um Geld für eine neue bitten, er hatte ja nur ein bißchen mithelfen wollen.

»Ich bin einfach nicht gut bei so was«, sagte er. »Vermutlich fehlt ein Y-Chromosom in meiner Genmasse. Richtige Männer können einen Nagel in die Wand schlagen. Männer, die das nicht können, sind entweder Idioten oder schwul.«

»Stimmt«, sagte ich. »Die meisten Männer mutieren in Eisenwarengeschäften zu Zombies, schleichen herum und sabbern lüstern angesichts von Werkzeugen, deren Namen ich nicht mal kenne. Sie wählen Muttern und Schrauben aus diesen großen Bonbonfächern und wissen immer, was sie wollen. Und was bist du – ein Idiot oder schwul?«

»Du glaubst, ich bin schwul, nur weil ich seit dem letzten Mal nicht versucht habe, dich ins Bett zu zerren, oder?« meinte er und schwang den Hammer durch die Luft, daß es nur so rauschte.

»Nein. Ich glaube, du bist ein Idiot. Unterkategorie Computer-Nerd.« Ich hatte keine Lust, mit ihm über Sex zu reden. Seltsamerweise war das vermintes Gelände, seit diesem ersten Mal, als wir es tatsächlich richtig nett zusammen gehabt hatten. Warum krochen wir nicht einfach auf meine fleckige Matratze? Irgendwas war im Weg.

»Ja. Ich bin ein Idiot. Aber ich bin ein verdammt reicher Idiot, nur damit du es weißt! Wenn ich zu Hause eine neue Einbauküche haben will, rufe ich ein Einrichtungshaus an und stelle einen Blankoscheck aus. So reich bin ich. Und ich würde das Geld aus der Wechselkasse nehmen und es nicht einmal bemerken.«

»Ein reicher Idiot, aber schüchtern und anspruchslos, oder?«

»Warum sollte ich anspruchslos sein? Ich habe jedes einzelne Öre selbst zusammengeschuftet. Das mache ich bis heute.«

»I'm so impressed«, murmelte ich. »Ich schufte auch die ganze Zeit, aber davon landen noch lange keine Millionen in meinen Taschen!«

»Du kannst eine von mir abkriegen!«

»Danke, mein gütiger Herr, Gott segne Sie ... Danke bestens!« sagte ich, etwas schärfer als beabsichtigt. Ich war keine Pretty Woman, und für Richard Gere in seinen maßgeschneiderten Anzügen hatte ich noch nie eine besondere Schwäche gehabt. Ich wußte zu diesem Zeitpunkt, daß Janne reichlich Geld hatte, und er wußte, daß ich es nicht hatte, aber wie arm wir wirklich waren, das ahnte er wohl nicht.

Mehrmals hatte mich der Unterschied, der in finanzieller Hinsicht zwischen uns bestand, wie ein Stein im Schuh gedrückt. Wie letzten Mittwoch, als ich gerade die Miete gezahlt und nicht viele Öre übrig hatte. Die Kinder und ich hatten während der Woche das normale Programm absolviert, die Kinderabteilung des Museums, die Bücherei, alles, was nicht viel kostete. Ins Schwimmbad konnten wir nicht mehr gehen, denn es war privatisiert, zu einem Abenteuerbad umgebaut und so teuer geworden, daß wir es uns höchstens einmal pro Monat leisten konnten. Die Kinder waren quengelig, bei ihnen war gerade eine Erkältung im Anzug. Alle Spielsachen seien langweilig oder kaputt, beteuerten sie.

Da suchte ich alte Eierkartons zusammen, und dann bauten wir einen richtigen Berg mit hügeligen Felsen auf dem Wohnzimmertisch und malten ihn grau an und setzten kleine Schafe und Ziegen hinein, die wir aus Wattebäuschen und Streichhölzern gebastelt hatten. Sie wohnten in Höhlen und besuchten sich gegenseitig, und manchmal stritten sie sich um eine besonders schöne Höhle. Wir hatten großen Spaß und wollten gerade anfangen, unsere Schafe mit zerkleinerten Geranienblättern zu füttern, als Janne klingelte. Er hatte einen großen Karton dabei. Die Kinder umschwärmten ihn mit großen Augen.

Es war ein ferngesteuertes Auto. Ein richtiges Monster, groß wie ein Staubsauger, in Rot und Gold und mit Feuerflammen am Kühler. Janne warf sich eifrig neben Billy auf den Fußboden und begann ihm zu zeigen, wie man das Auto mit der Fernsteuerung zum Fahren brachte. Bella stand mit hängenden Schultern da und betrachtete die Szene sichtlich enttäuscht. Autos, das war die Botschaft, Autos waren für Jungs, große und kleine.

Vergessen waren die Schafe und der Berg aus Eierkartons. Unser kleines Low-Budget-Vergnügen. Billy, der wirklich noch nicht über feinmotorische Fähigkeiten verfügte, fuhr gegen das Tischbein, so daß der ganze Berg herunterrutschte und überfahren wurde. Die Schafe fielen in alle Richtungen. Die Geranienstücke verteilten sich über den Teppich.

Bella stürmte ins Kinderzimmer und knallte die Tür hinter sich zu. Ich hörte sie dort drinnen schluchzen. Janne merkte nichts davon.

Als er mit dem Auto zu Ende gespielt und eine neue Runde am Küchenschrank absolviert hatte, sagte ich: »Janne, du darfst uns nicht soviel schenken. Es mag komisch aussehen, etwas abzulehnen, wenn man es finanziell so eng hat wie wir, aber ich weiß nicht, wie ich damit umgehen soll. Wärst du mein Bruder oder so, ginge es vielleicht. Bei dir weiß ich nicht, wie ich mich verhalten soll. Was können wir dir im Gegenzug geben?«

Er legte die Werkzeuge beiseite und starrte eine Weile auf seine leeren Hände.

»Was zum Teufel mache ich eigentlich hier?« sagte er schließlich.

Kriminelle Spinner und hochnäsige Verkäuferinnen

*D*ie merkwürdigste Entdeckung, seit mir klar war, daß ich über reichlich Geld verfügte, war, daß ich nicht wußte, was ich damit anfangen sollte.

Diese Problematik war mir nicht sofort bewußt. Ich erhöhte einfach mein Konsumniveau, kaufte mir tolle Klamotten, machte Auslandsreisen, bestellte und erhielt schließlich meinen ganzen Stolz, den Lamborghini. Ich veranstaltete große Feste in meinem Einfamilienhaus, lud Freunde ins Restaurant ein, kaufte teure Geschenke – und natürlich gab es Leute mit jeder Menge Ideen, wie ich das Geld loswerden könnte.

Für Kleidung habe ich mich eigentlich nie besonders interessiert, und ich hatte das Gefühl, meine Sachen seien in erster Linie teuer, aber nicht unbedingt elegant. Die Reisen und die ganzen neuen Computersachen konnte ich von der Steuer absetzen, der Lamborghini war eine einmalige Investition und erstaunlich haltbar, und die übrigen Ausgaben hinterließen eigentlich nur kleinere Löcher in meinen soliden Finanzen. Ich war auch nicht daran interessiert, in Grundstücke und Immobilien zu investieren oder neue Unternehmen zu sponsern – verdammt langweilig, wenn ihr mich fragt. Das Interesse an meiner eigenen Computerfirma hatte ich seit dem Verkauf mehr oder weniger verloren, selbst wenn ich noch immer für die neuen Besitzer arbeitete.

Außerdem war da die Tatsache, daß ich, was Konsum betrifft, seit meiner Kindheit auf Geiz programmiert bin. Meine Eltern waren ganz normale Spießer, mein Vater Buchhalter, meine Mutter Lehrerin, die es gewohnt waren, das Geld zusammenzuhalten, und so etwas scheint einen zu prägen. Meine

Mutter wusch sogar die Plastiktüten aus und verwendete sie ein zweites Mal ... Ich unterstützte sie beim Kauf eines kleinen Häuschens, und sie waren mehr als zufrieden und prahlten in ihrer Siedlung hemmungslos über meine Fortschritte. Ich selbst besuchte sie nur selten, denn ich fand, daß unser Zusammensein in den letzten Jahren zu einem ewigen Herumgenörgel darüber geworden war, warum ich mich denn nicht endlich zur Ruhe setzte und eine Familie gründete.

Ich mag Angeln, Bowling und Kinobesuche. Ich spiele Karten oder sehe mir eine gute DVD an. Ich fahre gern eine Woche oder zwei zu einem sonnigen Plätzchen mit Swimmingpool (dann beginne ich mich nach Gras zu sehnen) oder eine Woche in die Berge. Und es ist schön, eine gefüllte Hausbar zu haben, mit guten Sorten.

Das Problem daran ist, daß nichts davon besonders kostspielig ist. Es reißt keine tieferen Löcher in meine Kasse. Ich kann mir all das, was ich mir wirklich wünsche oder wovon ich träume, ausgesprochen gut leisten, und seit dem Lamborghini ist mir ehrlich gesagt nichts weiter eingefallen.

Charlotte war mir eine Zeitlang eine gute Hilfe beim Geldausgeben. Einmal unternahmen wir eine Westindien-Kreuzfahrt, die sich in meiner Brieftasche durchaus bemerkbar machte, aber was hatte ich schon davon? Ich hatte bereits am zweiten Tag eine verdorbene Auster gegessen und lag den größten Teil der Reise würgend in meiner Kabine.

Als ich an jenem Abend von Mariana nach Hause kam, war mir klar, daß ein Teil ihrer Anziehungskraft darin bestand, daß ich bei jedem Besuch Weihnachtsmann spielen konnte. Es war herrlich, die kreisrunden Augen ihrer Kinder zu sehen, wenn ich meine Geschenke hervorzog, und wie sie mich schon im Wohnungsflur umkreisten wie Möwen ihre Beute. Ich wünschte, Mariana hätte es erlaubt, daß ich auch ihr ein paar Dinge kaufte, doch das tat sie nicht. Ich habe keine Ahnung, was sie meinte, als sie sagte, sie könne es annehmen, wenn ich ihr Bruder gewesen wäre. Sie sagte, daß sie es unangenehm fände, wenn ich mit so teuren Dingen ankäme, denn das lasse ihr Low-Budget-Dasein mit den Kindern noch dürftiger erscheinen. Und wir hätten ja keine nähere Beziehung, das sagte sie immer wieder, als wolle sie diese These ein für allemal in meinen Schädel hämmern.

Von ihrem Kerl dagegen wollte sie nie reden, von diesem Micke. Ich weiß nicht, ob er sie verlassen hat oder ob er einfach krank geworden ist. Es klang gar nicht gut, das mit dem Irrenhaus. Ob er wohl ein krimineller Spinner ist, der jederzeit mit der Axt auftauchen könnte, um sich mit jedem anzulegen, der sich vermeintlich an seine Familie hängen will? Ein bißchen streßt mich dieser Gedanke schon. Ich bin keiner von denen, die einfach einen Luftsprung machen und mit den Füßen vor der Nase des Angreifers herumwirbeln. Spinning und Scheibengewichte machen schicke Muskeln, aber sie liefern keine Gebrauchsanweisung, wie sie anzuwenden wären.

Eines Tages ging ich am Schaufenster einer exklusiven Boutique für Damenbekleidung vorbei, in dem ein kleines Seidenhemdchen auf einem Stück Zebrafell drapiert lag. Es gab keine Preisschilder – genau die Art von Läden, die Charlotte immer besuchte. Etwas weiter hinten erhaschte ich den Blick auf ein schick geschnittenes Kostüm in exakt der grünen Farbe von Marianas Augen, wenn sie nicht gerade wütend ist. Graugrün und kühl, mit einer ungeahnten Tiefe, ein bißchen wie ein gutes Angelrevier auf den Lofoten ...

Ich rauschte hinein und sagte: »Packen Sie das ein!« und zeigte auf das Kostüm.

»Aber ... soll es nicht anprobiert werden?« fragte die Verkäuferin. Sie hatte ihr ganzes Haar auf der einen Seite des Kopfes und einen Silberohrring von der Größe eines Islandherings im anderen Ohr und im übrigen eine verdammt hochnäsige Art. Sie sah mich aufmerksam an, vermutlich grübelte sie darüber nach, ob es für mich war. Womöglich war ich eine Transe, eine reiche Hobbytranse?

»Nee!« sagte ich. »Dann muß sie es eben umtauschen, wenn es nicht paßt!«

»Dies ist ein Modellkleid und unser einziges Exemplar«, sagte die Verkäuferin und hob ihre Nase um einige weitere Millimeter.

»Scheißegal, packen Sie es ein«, sagte ich, und sie legte es mißmutig in eine Schachtel. Es kostete ungefähr soviel wie ein Gartenhäuschen mit Veranda, die Schnitzereien inklusive.

Ich fuhr zu Mariana und überreichte ihr die Schachtel. Dabei versuchte ich entspannt zu wirken, nach dem Motto: Hab gerade diesen alten Lappen gefunden, hättest du womöglich eine Verwendung dafür?

Mariana sah mich lange an. Dann ging sie in ihr Schlafzimmer und nahm die Schachtel mit, und plötzlich hörte ich schallendes Gelächter.

Zirkusdame in neuem Kostüm

Meine Güte – der arme Mann! Ich weiß ja, daß er es lieb meint, aber er hat nicht das geringste Verständnis für das Verhältnis zwischen Kleidung und ihren Trägern, und im übrigen auch nicht für Konfektionsgrößen. Er hatte ein exklusives Kostüm aus schwerer Wildseide gekauft. Die Farbe gefiel mir zwar, aber es war nichts, was man als Mutter von Kleinkindern in der Küche anziehen würde, um es so auszudrücken. Und ebensowenig ein Kleidungsstück, mit dem ich in der Schule einlaufen könnte. Und in anderen Milieus bewege ich mich nicht. Es war ein Kostüm für elegantere Salons.

Ich hätte von Anfang an ablehnen sollen, aber er stand mit seiner Schachtel herum und sah aus wie ein braver Jagdhund, der gerade seinen ersten Fasan apportiert hat. Ich brachte es nicht übers Herz, einfach den Kopf zu schütteln, und ging ins Schlafzimmer, um es anzuprobieren. Allein die Verpackung mit ihrem Aufdruck in Goldprägung hatte vermutlich mehr gekostet, als das, was ich normalerweise an Kleidung kaufe.

Das Kostüm war in Größe sechsunddreißig, und die Jacke ließ sich schon mal nicht schließen. Der Rock spannte über meinen Hüften, und der Reißverschluß knackte beunruhigend. An den Füßen hatte ich in Ehren ergraute Turnschuhe und Barbamama-Socken. Hätte ich mir eine rote Nase ins Gesicht gesteckt, hätte ich direkt in eine Zirkusarena treten können. Ich lachte, bis mir die Tränen herabliefen. Die Kinder kamen angelaufen.

»Wie cool du aussiehst«, sagte Bella andächtig. The Kid legte sich aus irgendwelchen Gründen auf den Fußboden und versuchte unter den Rock zu kriechen. Es kommt nicht so oft vor, daß ich einen Rock trage.

Ich dachte an Micke, der über eine unheimliche Fähigkeit

verfügte, Kleider für mich zu entdecken, die ich mir im Leben nicht gekauft hätte, die sich aber so anfühlten, als hätten sie gerade auf mich gewartet, dort im muffigen Dunkel des Secondhand-Ladens. Er kaufte sie und kleidete mich in Gefühle. Ein bestickter Silberkaftan, als wir gerade ein positives Ergebnis beim Schwangerschaftstest bekommen hatten, zum Beispiel. »Zum Hereinwachsen«, sagt er feierlich und steckte mir eine weiße Stoffrose zwischen die Brüste. »Salome, du bist wie der Schatten einer Rose in einem Silberspiegel«, hauchte er mir ins Ohr, und dann kauften wir einen Stapel Illustrierte aus den dreißiger Jahren und lasen uns die ganze Nacht lang die Erzählungen der Woche daraus vor.

Bei einem Garagenflohmarkt außerhalb der Stadt, wohin wir eines schönen Frühlingstages geradelt waren, kaufte er einen gehäkelten schwarzen Hut. Er verzog sich eine Weile geheimnisvoll und dekorierte ihn mit kleinen Bändern und Rosen, die er aus Zeitungspapier zurechtriß und faltete, bis der Hut ganz phantastisch aussah. Damals dachte ich gerade darüber nach, unser Familieneinkommen als freie Zeitungsillustratorin aufzubessern. Auf dem Heimweg regnete es, und aus dem ganzen Kunstwerk wurde Pappmaché, aber es gab mir dennoch das Gefühl, als habe Micke meine Überlegungen ein Stückchen greifbarer gemacht. Oh, wie ich ihn dafür liebte! Ich glaube wirklich, daß Micke etwas in der Modewelt hätte werden können, wenn er nur genug Bodenhaftung gehabt oder seine Dämonen hätte einsperren können.

Janne steckte den Kopf herein und sah gekränkt aus, als er mein Lachen hörte. Ich schälte mich schnell aus dem Kostüm und schlüpfte in eine alte Gymnastikhose, dann ging ich zu ihm ins Wohnzimmer und lud ihn zum Kaffee ein. Es war ein blödes Gefühl, ihm nichts als Zwieback anbieten zu können, aber was soll's? Kekse und Süßigkeiten spüren die Kinder in den Schränken auf, als wären sie kleine Drogenhunde. Manchmal kaufe ich eine Tüte Süßkram und versuche sie bis zum Wochenende zu verstecken. Am Samstag habe ich vergessen, a) daß ich sie gekauft habe und b) wo ich sie versteckt habe. Aber die Kinder wissen Bescheid! Wenn ich sie mit Zuckerstücken in Orange zu bestechen versuche (ein Klassiker, wenn nichts anderes im Haus ist), sagt Bella nur: »Mama, warum nehmen wir nicht die Gummibärchen, die du in der Mehltüte versteckt hast?« Und wenn wir sie finden, stellt sich fast immer heraus, daß nur noch sechs oder sieben übrig sind. »Die Tüte ist sicher ein bißchen kaputtgegangen«, sagt Bella unbekümmert. Geöffnete Tüten bedeuten freie Fahrt.

Dann geschah etwas Trauriges. Billy kam zu unserem Kaffeetisch gehopst, blubbernd vor Eifer. »Jetzt schneide ich, ich schneide, kuck mal!« sagte er stolz, und mir schwante Übles. Ich stürmte ins Schlafzimmer – und ganz richtig: Das schöne Kostüm war von kleinen v-förmigen Schnitten übersät. Zum ersten Mal hatte Billy die beiden Schenkel seiner kleinen, stumpfen Kinderschere in seiner ungelenken Hand zum Funktionieren gebracht und damit in der Wildseide herumgeschnitten.

Das war doch nur das Kleid vom Onkel!

Den Daumen in das große Loch und den andern Finger ins kleine. Erst war es ganz schwer, zuerst hab ich Papier genommen, aber das war glatt und so, und dann war da Stoff, aber das war nicht Mamas Kleid, weil ich *darf* nicht in Mamas Kleid schneiden, das war nur das Kleid vom Onkel, und erst ging's schwer, und dann war's gar nicht schwer, weil ich's konnte, und ich hab ganz viel geschnitten.

Und dann hab ich zu Mama gesagt: Kuck mal, was ich kann! Aber sie hat sich gar nicht gefreut, dabei war das doch nicht ihr Kleid, dumme Mama! Sie ist so dumm, wenn der Onkel bei uns ist.

Um dieses Problem habe ich mich nicht gerade gerissen!

Laß es einfach, Janne, laß es, verdammt noch mal!

Das Kind hat mit seinen kleinen fetten Fingern ein sauteures Modellkleid kaputtgeschnitten. Wie konnte ich mich nur in eine solche Situation bringen? Eine Familie mit Kleinkindern zu besuchen ist gefährlicher als Dschungel-Trekking, immer passiert irgendwas!

Und was mache ich jetzt? Zu Fräulein Heringsohr zurückgehen und mich über die Stoffqualität beschweren und das Geld zurückverlangen? Oder schweige ich einfach und betrachte es als ein hochriskantes Projekt, das leider gefloppt ist? Dabei habe ich neulich noch darüber geseufzt, daß ich mehr Geld habe, als ich ausgeben kann.

Von Mariana kann ich nichts erwarten, dachte ich, ihr ist vermutlich nicht klar, wie teuer es war, und wenn ich es ihr erzähle, wird sie verrückt!

Genau in diesem Moment sagte sie: »Mir ist klar, daß dieses Kostüm unser gesamtes Jahresbudget für Kleidung bei weitem übersteigt, Janne. Aber es läßt sich nicht reparieren, und ich kann nichts tun, außer Billys Schere zu konfiszieren.« Sie klang wütend und trotzig zugleich.

Ich räusperte mich.

»Es ist nicht deine Schuld«, sagte ich mit großer Selbstüberwindung. Natürlich war es ihre Schuld! Dieses kleine Monster auf eine Schere loszulassen! Wenn er älter wird, laß ihn niemals in die Nähe einer Motorsäge, Mariana, versprich mir das!

Ich brauche ein neues Hobby. Was Kleines und Ungefährliches, Fallschirmspringen vielleicht. Hauptsache, weg hier!

Um mich zu beruhigen, legte ich mir das Kostüm über den

Arm und ging hinaus auf den Balkon, um die triste Betonlandschaft von Äppelgården zu betrachten. Irgendwo in der Nähe heulte eine Polizeisirene. Es dämmerte gerade, und die Straßenlaternen sahen in der feuchten, diesigen Luft aus wie Pusteblumen, zumindest die Lampen, die nicht von den Rowdys aus der Nachbarschaft zerschmissen worden waren. Mariana hatte einmal im Sandkasten gebrauchte Kanülen entdeckt. Und ich wußte, daß sie den Kinderwagen zusammenklappte und ihn in den Fahrstuhl schleppte. Jeden Tag zweimal oder öfter. Wenn sie ihn im Hausflur stehengelassen hätte, wäre nicht einmal das Verdeck übrig, wenn sie das nächste Mal herunterkam. Hier wohnen zu müssen, mit Kindern!

»Hast du nie darüber nachgedacht, woanders hinzuziehen?« rief ich in die Wohnung hinein. Sie kam heraus, stellte sich neben mich und legte die braunen, sehnigen kleinen Hände auf das Geländer.

»Klar«, sagte sie. »Ich lese jeden Tag die Anzeigen der Makler. Oder würde es tun, wenn ich mir eine Tageszeitung leisten könnte.«

Wir schwiegen eine Weile. Es war kühl. Sie fröstelte ein wenig und schlug die Arme um sich. Langsam legte ich die Reste der demolierten Kostümjacke um ihre Schultern und drapierte den Rock als Kopftuch um ihr braunes Haar. Sie war beinahe schön.

»Ich schenke es dir«, sagte ich. »Die Farbe steht dir wunderbar! Und ich habe mal gehört, daß Seide wärmt. Aber zu warm wird es auch nicht, Billy hat ja für die Lüftung gesorgt.«

»Du willst mich nur bestrafen«, sagte sie unglücklich. »Aber um dieses Problem habe ich mich nicht gerade gerissen.«

»Du bist auch so ein Problem, um das ich mich nicht gerissen habe«, entfuhr es mir. »Ich verstehe nicht, warum ich dich nicht in Ruhe lassen kann. Dich, euch!«

»Vermutlich hast du sonst alles bekommen, worauf du gezeigt hast«, sagte sie sachlich. »Oder gekauft. Wenn du uns bekämst, hättest du bald die Nase voll von uns, früher, als du denkst.«

Plötzlich standen wir da und küßten uns in der Abendkühle. Die Jacke rutschte auf den abgestoßenen Balkonboden. Chemische Reaktionen wurden ausgelöst. Der Druck stieg. Blasorchester begannen zu spielen. Baßtrommeln wummerten in den Ohren. Ich begann ihr unter das T-Shirt zu fassen, und sie seufzte und winselte wie ein Welpe. Gerade als ich sie in meine Arme nehmen und ins Schlafzimmer tragen wollte, öffnete sich die Balkontür.

Dort stand Bella mit hochgezogenen Augenbrauen. »Mama! Du sollst ›Vierzehn Mäuse ziehen um‹ lesen!« sagte sie.

Laß es einfach, Janne, laß es!

Dunkle, aber fröhliche Lieder

Mamas sollen Papas küssen, nicht Eismänner. Mein Papa hat nicht so abstehendes Haar mit Schmierzeug drin wie der Eismann. Sein Haar ist braun und ringelt sich, und manchmal zieht er es über die Augen, wenn er ein Troll ist. Wenn er nach Hause kommt, lesen wir »Vierzehn Mäuse ziehen um«, weil man davon inkligent wird, sagt Papa. Pu der Bär mögen wir nicht, Papa und ich, weil Pu nicht inkligent ist. Kristoferobin macht immer nur, was er will, und Pu kapiert gar nix.

Papa hat mir ein Puppenhaus aus Schuhkartons gebaut mit einem Zimmer, wo die Leute gewohnt haben, und einem Keller, wo die Mäuse wohnten. Und alle hatten eigene Betten aus Streichholzschachteln. Aber Billy hat sich draufgesetzt. Da hab ich geweint, aber Papa hat gesagt, so ist es eben auf der Welt, Bella, immer setzt sich einer auf dein Zimmer, und dann wird alles platt.

Er hat das oft gesagt, ganz oft, und ich hab fast ein bißchen Angst gekriegt, weil er so traurig aussah, und dann hat er die ganze Zeit geschrieben, und Mama hat gesagt, wir können ein neues Haus basteln, meine Kleine, Papa hat zu tun, und dann hat sie auch ganz traurig geguckt. Dabei *kann* man nicht einfach ein neues Haus machen, es wird ja nie so wie das erste!

Heute hat Amanda gefragt, warum ich Bella heiße, und da hab ich gesagt, ich weiß es nicht, dabei weiß ich es wohl, aber das ist irgendwie so komisch, und wenn man was Komisches sagt, dann sagt Amanda zu all den anderen in der Kita: Wißt ihr, was Bella gesagt hat! Sie hat was ganz Komisches gesagt! Und dann lachen alle. Einmal am Nachmittag, als es dunkel war und wir reingehen sollten, haben zwei Fenster von der Kita geleuchtet, und ich hab zu Amanda gesagt, daß die Kita aussieht wie ein Drache mit zwei Augen, der uns gleich auffrißt, und das hat Amanda den anderen erzählt, und alle haben gelacht.

Ich heiße Bella, weil Mama und Papa eine Frau kennen, die Bella Tschau heißt. Wenn ich groß bin, dann treffe ich sie bestimmt mal. Mama singt manchmal von ihr, und ich mag das Lied, es ist dunkel, aber trotzdem fröhlich.

Mama kann viele dunkle Lieder. Eines, was sie singt, handelt von einem Spielmann, der begraben wird, und das geht so: Er war wunderlich und allein, sagen vier schwarze Männer. Billy ist ganz traurig geworden und hat Mama gefragt, wie der Spielmann hieß, und Mama hat gesagt Danandersson, und Billy ist zum Sandkasten gegangen und hat zwei Häuser gebaut. Mama hat gefragt, wer da drin wohnt, und Billy hat gesagt, im einen Danandersson und im andern sein Freund, damit er nicht so allein sein muß, und da hat Mama ihn ganz doll geküßt. Und da hab ich ein viel größeres Haus mit Schnecken drauf gebaut, wo sie drin spielen konnten. Und da hat Mama mich auch geküßt.

Jetzt ist der Eismann gegangen, und er hat das schöne Kleid wieder mitgenommen, und Billy hat nicht mal Ärger von Mama gekriegt, ich hätte bestimmt Ärger gekriegt! Vielleicht kann der Eismann zaubern, ich glaube, er hat so einen Zaubertrank, das hat er nämlich gesagt, als er gegangen ist. Jetzt werde ich trinken, um zu vergessen, hat er gesagt, und Mama hat gesagt: Tu das, wir trinken jetzt Kakao, und dann gehen wir ins Bett.

Sie hat schon zwei!

*I*ch fuhr zu Charlotte und schaute auf dem Weg in der Spirituosenhandlung vorbei und griff mir eine Flasche Calvados. Charlotte macht daraus so ein Gebräu mit gefrorenen Apfelstücken, Zimt und einem Limettenstreifen. Ich wollte auf ihrer schönen Dachterrasse sitzen und die Nacht über die Stadt hereinfallen sehen und mich betrinken und einfach nur vergessen, daß es Orte gab wie Marianas Balkon mit den Kinderskiern und dem Kinderwagen drauf.

Charlotte war zu Hause, aber sie war anders als sonst. Normalerweise mixt sie uns einen Drink und drapiert sich dann auf einem der beiden Liegestühle der Dachterrasse, wobei sie ihr schönes, schlankes Bein so plaziert, daß der Rock wie zufällig hochgleitet, und dann weiß ich, wie sie sich die Fortsetzung des Abends vorstellt. Wenn sie sich nicht so hinlegt, bedeutet das meistens, daß sie ihre Tage hat, und Charlotte ist viel zu kontrolliert, um dann Sex zu haben, denn das würde vermutlich gräßliche Flecken auf ihren kalt gemangelten irischen Leinenlaken hinterlassen. Dann sieht sie statt dessen verstohlen zum Fenster ihres Arbeitszimmers hinüber und seufzt ein wenig, wieviel sie zu tun habe, und ich verstehe den Hinweis, trinke aus, rede noch ein bißchen und gehe nach Hause.

An diesem Abend tat sie nichts von alledem. Sie stellte sich schweigend hinter mich und begann meinen Nacken und meine Schultern zu massieren, bis ich völlig entspannt war und wie eine Stoffpuppe auf dem Stuhl zusammensackte. Dabei summte sie eine eintönige Melodie, und ich glitt in einen halbhypnotischen Zustand hinüber. Der Drink trug wohl sein gut Teil dazu bei, es wurden übrigens mehr als nur einer. Da begann sie mit mir zu reden, ich kann mich nicht mehr genau erinnern, was sie sagte, aber es lief darauf hinaus, daß sie bald vierzig sei und darüber nachdenke, ob es an der Zeit sei, ihr Leben zu verändern. Ich weiß nicht, wie sie es formulierte, aber ich glaube, sie fragte mich schließlich tatsächlich, ob ich mir vorstellen könne, Vater eines Kindes zu werden.

Total entspannt, wie ich war, konnte ich mir ein spontanes »Nein, zum Kuckuck!« nicht verkneifen, und sie zuckte zusammen. Und dann habe ich auch noch nachgelegt mit einem »... außerdem hat sie ja schon zwei!« Ich hob mühsam den Kopf und sah ihr ins Gesicht. Im schwachen Schein der Duftkerzen, die auf dem Teewagen brannten, lächelte sie mir wehmütig zu. Und ich sah, daß ihre Augen von kleinen Fältchen umgeben waren, die ich nie zuvor gesehen hatte. Sie war noch nie so schön gewesen, und ich spürte, daß ich etwas sagen mußte, was ich noch nie zu ihr gesagt hatte.

Nachdem ich eine Weile gegrübelt hatte, brach es aus mir hervor: »Charlotte, du ... du ... bischt ... wie eine große Schweschter für mich. Eine rischtige ... rischtige ... Schweschter ...« Irgendwo da blieb ich hängen und gab auf.

Sie drehte das Gesicht so, daß es im Schatten lag, und ich sah, wie ihre Schultern etwas zusammensanken. Dann war sie wieder sie selbst. Sie lachte ihr heiseres Lachen und meinte: »Sag das nie wieder zu einer Frau, mit der du im Bett gewesen bist. Du gibst mir das Gefühl, als hätte ich mich an dir vergriffen!«

»Das hab ich nicht so gemeint ...«, murmelte ich und begann nach ihr zu tasten. Aber zwischen uns war ein Vorhang gefallen, kein eiserner Vorhang, aber vielleicht einer aus Plastikfolie. Wir sahen einander, wir redeten miteinander, doch wir erreichten einander nicht mehr.

Natürlich übernachtete ich bei ihr, und am nächsten Morgen schliefen wir sogar miteinander, aber Charlotte nahm ihre Pille besonders demonstrativ. Eine echte Lady macht einen Gentleman nicht gegen seinen Willen zum Vater.

Be my Toy Boy!

Wenn Janne wirklich all diese Millionen besitzt, während ich mir seit drei Jahren nicht einmal einen Zahnarztbesuch leisten kann, dann werde ich ihn doch wenigstens als Toy Boy haben dürfen? Das könnte er mir bieten, ohne daß ich mich billig fühle. Seinen geschmeidigen, wohltrainierten Körper mit den trockenen, warmen Händen und der wuscheligen Brust! Meine Knie werden zu Gelee, wenn er mich gegen ein Geländer oder eine Wand drückt, einen so mit dem Unterkörper festnagelt, daß man am liebsten die Knie hochwerfen und »Bella Ciao, Ciao, Ciao« singen würde!

Genau in diesem Moment tauchte Bella Ciao höchstpersönlich mit vorwurfsvollen Augen auf und wedelte mit ihren ewigen »Vierzehn Mäusen«. Ja, vielleicht war es das Beste. Aber so richtig lieb war ich nicht zu ihr. Es pochte wie verrückt im Unterbauch, der sofort in Bereitschaft war, ich hatte das Gefühl, als blubberte es nur so in mir. Ich versuchte es zu kompensieren, indem ich Janne schnell verabschiedete und Kakao machte, das trinken wir sonst nur sonntags. Nicht weil er so teuer wäre, sondern weil es sich ein bißchen festlich anfühlen soll, zu einem günstigen Preis.

In solchen Momenten ist Janne in meiner Welt präsenter als mein geliebter Micke. Da bin ich Micke in Gedanken untreu. Denn nicht der Sex war der Kitt zwischen uns. Im Grunde genommen war der Sex mit Micke genauso unbegreiflich, sporadisch und verwirrend wie alles andere mit ihm. Er konnte mich mit irgendeinem merkwürdigen erotischen Spiel aus dem Kamasutra erregen und sich dann neben mir niederlassen, um zu meditieren und das Begehren des Leibes zu überwinden. Ich hätte ihn mit seinem Gebetsteppich erwürgen können! Und er erwartete von mir, daß ich ebenfalls mein Begehren überwand!

In gewissen Phasen konnte ich ihn körperlich nicht erreichen. Er schob freundlich, aber bestimmt meine streichelnden Hände beiseite und schlief ein. Da wußte ich, daß er wieder einmal dabei war, in irgendwas Erschreckendes abzudriften, und daß ich ihn bald verlieren würde, für eine Weile zumindest. Es ging in Wellen. Zum Schluß traute ich mich nicht einmal, mich ihm zu nähern, aus Angst vor seiner Reaktion. Würde er mich abweisen? War es wieder soweit?

Doch es kam auch vor, daß ich den richtigen Micke lieben durfte, der mir die ganze Zeit in die Augen sah, der mich schwängerte – wie ein Wunder, das er steuerte, lächelnd wie ein Gott. Es war die reinste Glückseligkeit, aber es hatte nicht viel mit Gelee in den Knien zu tun. Und Micke hatte mich nie gegen eine Wand gedrückt. Allerdings hatte er mich auch schon in maßlosem Zorn vergewaltigt. Ich nehme an, daß seine Dämonen ihn dazu antrieben. Und ich unterwarf mich und versuchte mich damit zu trösten, daß er jetzt wenigstens nicht unterwegs in den geschlechtslosen Zustand war, den Blick in die Ferne gerichtet, wo ich ihn nicht erreichen konnte.

Einmal war es besonders schlimm. Bella war damals erst zwei und wachte davon auf, daß Micke herumbrüllte und mich mit Gewalt nahm. Sie kam ins Schlafzimmer und starrte uns an. Ich versuchte die Decke um uns zu wickeln, obwohl ich von seinen Attacken hin und hergeworfen wurde wie ein Handschuh. Bella steckte den Daumen in den Mund und fing an zu weinen, und ich versuchte sie beruhigend anzulächeln und rief: »Ist nicht gefährlich, meine Kleine, Papa macht nur Spaß!«

Habe ich das Recht, bei Janne einfach zuzugreifen? Falls er überhaupt jemals wiederkommt. Und warum sollte er das tun? Weil er genug von Silikontitten hat? Oder um auf Kosten meines knappen Budgets Weihnachtsmann spielen zu dürfen?

Das ist mir scheißegal. Ich will wieder festgenagelt werden, zumindest einmal in meinem armen, sündigen Leben.

Männliches Oberhaupt wird etwas müde

Am darauffolgenden Tag ging ich zu Jenny, bis zum Bersten gefüllt von der Geschichte mit dem grünen Modellkleid. Jenny steht mir so nahe, daß Ereignisse quasi noch gar nicht richtig passiert sind, ehe ich sie mit ihrer Hilfe gefiltert habe. Billy und Bella waren natürlich dabei. Ich hatte einen Korb mit einem frischgebackenen Napfkuchen und einer Flasche Saft mitgebracht, denn ich wollte Jenny und ihre Kinder mit zum Spielplatz nehmen.

Jenny öffnete mit einem merkwürdigen Gesichtsausdruck. Ihr Mund war von einem angestrengten Lächeln umgeben. Ich wußte sofort, was Sache war.

Jennys ehemaliger Lebensgefährte heißt Kenny – Jenny und Kenny, hahaha! Er hatte einen Job als Kellner, und mit Hilfe der Reste in den Gläsern, die er hinaustrug, hatte er es geschafft, sich im Lauf von zehn Jahren einen richtigen Alkoholismus zuzulegen. Als er Jenny traf, war es kaum zu merken. Kenny ohne Alk ist ein ziemlich netter, etwas nachdenklicher und verschmitzter Kerl, freundlich und wohlwollend zu allen. Kenny mit Alk ist einfach nur unerträglich, das wissen wir mittlerweile.

Jenny hat sein Problem durchschaut, aber es ist ihr gelungen, sich einzureden, daß er sich zusammenreißen würde, sobald er Familienverantwortung übernehmen müßte. Doch das Gegenteil war der Fall – surprise, surprise! Noch am selben Tag, an dem sie ihm mitgeteilt hatte, daß sie schwanger war, verschwand er für drei Tage. Als er zurückkam, stank er wie eine ganze Brauerei.

Ich glaube kaum, daß er heute noch einen Job hat, vermutlich führt er ein Leben auf Parkbänken. Jenny hat ihn rausgeschmissen, als sie Gabriella erwartete, irgendwie war es ihr zuviel, neben zwei Kindern auch noch einen lallenden Mann in der Wohnung zu haben. Es war nicht allzu schwer, ihn aus dem Haus zu bekommen, denn dort hatte er sich ohnehin nicht so oft blicken lassen.

Seit einiger Zeit kommt er jedoch in unregelmäßigen Abständen zurück. Er taucht einfach auf, steht schwankend in der Tür, hat Jenny erzählt. In weinerlichem Ton und stark durch die Nase schnaufend sagt er, daß er sehr wohl das Recht habe, seine Kinder zu sehen, und dann schiebt er sie beiseite und stapft in die Wohnung. Häufig schläft er auf dem Sofa ein, ohne die Kinder überhaupt begrüßt zu haben, liegt da und schnarcht mit offenem Mund. Und wenn er in den frühen Morgenstunden aufwacht, geht er an den Kühlschrank, schiebt alles ein, was er findet, und kippt sich die Milch direkt aus der Packung in den Mund.

»Nächstes Mal rufst du die Polizei«, habe ich mal zu Jenny gesagt.

»Die Polizei?« entgegnete sie müde. »Er hat ja recht! Er *hat* das Recht, mindestens zweimal pro Woche seine Kinder zu sehen! Wir haben gemeinsames Sorgerecht, das ist doch der Normalfall, und ich kann mir keinen Anwalt leisten, der mir helfen könnte, alleiniges Sorgerecht zu beantragen.«

»Aber er hat nicht das Recht, sich in deine Wohnung zu drängen und sich zu bedienen, als sei es alles seins. Das nennt man Hausfriedensbruch!«

»Aha, soll ich lieber zulassen, daß er die Kinder mitnimmt? Zu seinen Kumpels auf die Parkbank? Gabi ist noch nicht mal ein Jahr! Nee, nee, wenn man erst mal ein Kind mit jemandem gekriegt hat, dann hat der einen in der Hand, so ist die Rechtslage in diesem Land«, sagte sie bitter. »Und er prügelt ja nicht, er schlägt nicht einmal die Wohnung kurz und klein. Dann hätte man vielleicht noch eine Chance, ihn loszuwerden. Er liegt einfach nur da und schnarcht. Ich nehme an, daß er immer dann kommt, wenn er sonst keine Bleibe hat.«

Jennys schmale Lippen ließen mich vermuten, daß Kenny gerade dort drinnen auf dem Sofa lag und sich entspannte. Aber es war weitaus schlimmer.

»Nein, ich kann nicht mitkommen«, sagte sie. »Denn heute hat der Vater der Kinder beschlossen, sie mit in den Zoo zu nehmen. Er ist nur halb besoffen, deshalb glaubt er, daß er hinfinden wird. Er würde mich sogar mitkommen lassen, wenn ich unbedingt will.«

»Wenn du willst, kommen die Kinder und ich statt dessen mit, Jenny«, sagte ich. Ich wußte, daß sie die ganze Woche Überstunden gemacht hatte, ihr Gesicht war ganz blaß vor Müdigkeit. »Und du kannst solange ein paar Stunden schlafen.«

Sie seufzte. »Das wäre wunderbar. Aber ich weiß nicht, ob er sich darauf einläßt. Ich glaube, er hat die bizarre Idee, unsere Beziehung wieder zu kitten.«

Aber er ließ sich darauf ein. Jennys wegen flirtete ich mit ihm, bis er ganz geschmeichelt war und glaubte, ich sei auf ihn höchstpersönlich aus. Er zwinkerte mir sogar zu und gab mir mit Gesten zu verstehen, daß wir uns nicht vor Jenny verraten dürften. Dann zogen wir los, die ganze Karawane, ein halb besoffener, schlecht gekleideter Mann, vier Kleinkinder, davon zwei im Kinderwagen, und ich.

Schon an der Bushaltestelle bekam Kenny Ameisen im Körper. Als wir sieben Minuten auf den Bus gewartet hatten, fluchte und schimpfte er so über die Verkehrsbetriebe, daß die Leute ihn verstohlen ansahen. Gabi weinte. Plötzlich verschwand er hinter einem Busch, und ich kann nur vermuten, daß er einen Flachmann dabeihatte, denn er kam ziemlich erfrischt zurück und duftete nicht gerade nach Rasierwasser.

»Juchu!« schrie er. »Jetzt werden wir Spaß haben, Kinder! Und die Mutti auch!« Er klapste mir mit einer Abendzeitung, die er auf der Bank im Wartehäuschen gefunden hatte, auf den Hintern. In diesem Moment fuhr der Bus vor.

Kenny drängelte sich vor die ganze Schlange und machte eine große Sache daraus, das männliche Oberhaupt der kleinen Schar zu sein. »Platz machen für den Kinderwagen, Platz machen!« rief er gebieterisch und trieb uns allesamt in den Bus.

Dann stellte er sich breitbeinig vor den Busfahrer und zog die Brieftasche hervor.

Ich sah an seinem Nacken, daß irgendwas nicht stimmte. Und als er zischend mit dem Busfahrer zu verhandeln begann, begriff ich, daß die Brieftasche leer war. Schließlich rief er mir zu: »Hast du Wechselgeld, Schatz?« Die Schlange hinter ihm murrte ungeduldig.

Es war mit das Demütigendste, was ich jemals erlebt hatte, und zwar sowohl für ihn als auch für mich. In der Schlange hatte ich bereits einige Eltern von Schülern entdeckt, die mich und meine Karawane interessiert anstarrten. Ich sah mich gezwungen, ihm zu erzählen, daß ich zwar Geld für den Bus hätte, aber keineswegs für den Eintritt im Zoo, und daß es daher keine gute Idee sei, überhaupt mit dem Bus zu fahren. Und dann mußten wir mit Sack und Pack aus dem Bus klettern und uns dabei halblaute Kommentare aus der Schlange anhören.

Der Bus fuhr mit quietschenden Reifen davon, während Kenny mit hängenden Schultern auf der Straße stand und enttäuscht hinterherglotzte. Dann murmelte er etwas von einer Verabredung, die er vergessen hätte, und torkelte Richtung Park davon. Und ich konnte endlich die Schar auf einen Kuchenausflug zum Sandkasten mitnehmen. Wir blieben, bis es anfing zu regnen, denn da überforderte es mich, alle vier in Schach zu halten. Aber Jenny hatte zumindest ein paar Stunden schlafen können.

Wir haben wirklich ziemlich Pech gehabt bei unseren Lebensentscheidungen, Jenny und ich. Vielleicht waren wir in einem früheren Leben selbst so anstrengende Typen und müssen jetzt dafür büßen?

In jedem Fall wünsche ich Kenny, daß er in *seinem* nächsten Leben als Mutter von Kleinkindern und an einen Alkoholiker gekettet wiedergeboren wird.

Ich bin das Rotkäppchen!

Ich habe zwar schon davon gelesen, aber es ist mir eigentlich noch nie passiert. Daß mir das Essen nicht schmeckt, das Bett zu warm ist und ich jeden Morgen in einem völlig zerknüllten Laken aufwache. Daß ich sie ständig sehe – aber wenn ich genauer hinschaue, ist sie es nie. Daß ich glaube, ihre Kinder überall zu entdecken, ist dagegen nicht verwunderlich, Kinder sehen alle ungefähr gleich aus. Hat man eins gesehen, kennt man sie alle …

Hin und wieder ging ich noch zu ihr. Sie wirkte nie besonders begeistert, aber sie war auch nicht abweisend. Nur einmal faltete sie mich richtig zusammen. Abends saßen wir meistens vor dem Fernseher und warteten vergeblich darauf, daß die Kinder einschliefen. Sie waren wie kleine Tiere, und sie spürten, daß wir sie gerade jetzt nicht dabeihaben wollten. Genau aus diesem Grund saßen sie gespannt wie zwei Flitzebögen da und überwachten die Lage, bis sie beinahe wegdösten. Aber sobald Mariana versuchte, sie ins Bett zu tragen, wachten sie wieder auf und saßen kerzengerade auf dem Sofa. Schließlich mußte sie mich bitten zu gehen. Vermutlich fielen sie todmüde in Ohnmacht, sobald ich aus der Tür war.

Doch an diesem Abend war ihr das Zubettbringen wider Erwarten gut gelungen. Sie lag im Kinderzimmer und las ihnen eine Gutenachtgeschichte vor, und schließlich waren kleine pfeifende Schnarcher zu hören. Vorsichtig öffnete ich die Tür einen Spaltbreit. Mariana schnarchte leise vor sich hin, aber auch die Kinder schliefen, den Daumen im Mund und das Kuscheltier an die Wange gepreßt. Ich beschloß, noch eine Weile zu warten und sie dann zu wecken.

Plötzlich verspürte ich einen brüllenden Hunger. Ich hatte kein Mittagessen gehabt, weil wir unter Zeitdruck an einem

Projekt gearbeitet hatten, das uns zu entgleisen drohte. Ich ging in die kleine Küche und öffnete den Kühlschrank. Darin gab es nicht viel, was das Herz erfreute. Mariana ist wohl nicht gerade die geborene Hausfrau, dachte ich, aber ich fand zumindest einen Käserest, eine Tomate und ein paar Scheiben Schinken. Nachdem ich ein bißchen in ihrem Vorratsschrank gewühlt hatte, entdeckte ich ein halbes Weißbrot und ein Glas Senf. Unter der Spüle fand ich ihr Waffeleisen, und vor mich hinsummend machte ich mir ein paar ordentliche warme Sandwichs, bei denen der Käse blubbernd seitlich hinauslief und die lecker nach Pizza rochen. Ein großes Bier hätte gut dazu gepaßt, aber ich konnte nur Milch auftreiben, von der ich mir fast eine ganze Packung einverleibte, ehe ich es mir vor dem Fernseher gemütlich machte. Ich fühlte mich vorbildlich, beinahe häuslich.

Plötzlich stand Mariana mit zerzausten Haaren in der Tür. Sie sagte nichts, sondern starrte mich nur an. Irgendwas fühlte sich sehr verkehrt an.

»Hat es dir geschmeckt?« fragte sie mit einer Stimme, mit der man hätte Glas schneiden können.

»Danke, ja … wieso?« Warum war sie so wütend?

»Weißt du, was die Kinder und ich morgen zum Frühstück essen werden?« sagte sie, auf einmal spielerisch.

»Nein …?« meinte ich verunsichert.

»Senf. Wir werden Senf essen, denn davon hast du zumindest etwas übriggelassen. Und dazu werden wir Wasser trinken.«

»Aber …«, stotterte ich.

Sie seufzte und ließ sich auf das andere Sofa fallen.

»Ach, mir ist klar, daß du es eigentlich nicht böse gemeint hast. Du bist einfach nur ein egoistisches Arschloch!« sagte sie etwas freundlicher. »Das halbe Brot, der Schinken und der Käse waren unser Frühstück für morgen. Und Bella mag so gern Tomaten. Um nicht von der Milch zu reden, die wir zu den Cornflakes gehabt hätten. Jetzt müssen wir sie wohl direkt aus der Packung essen. Dabei habe ich mir noch gar keine Gedanken gemacht, wo wir den Senf draufstreichen könnten. Auf rohe

Kartoffeln vielleicht. Das scheint das einzige zu sein, was sich noch in meinem Vorratsschrank befindet.«

Nach dieser Lektion begann ich Körbe von Delikatessen anzuschleppen, wenn ich zu Besuch kam. Ich vermutete, daß sie keine Zeit zum Einkaufen hatte, wenn sie ihre Kinder von der Kita abgeholt hatte. Große Körbe mit exotischem Obst und verschiedenen Marmeladensorten, frischem Brot, kleinen Käsestücken, Sardinen und einer großen Salami. Beim ersten Mal war der Korb sogar in Zellophan eingepackt und mit einer großen gekräuselten Schleife versehen. Da lachte sie und sagte, wenn ich so eine Mimose sei, dann werde sie mich künftig noch mehr anfahren, denn das lohne sich anscheinend.

Ich kam mir etwas blöd vor, schleppte aber weiterhin Lebensmittel an. Wider Erwarten war sie immer kürzer angebunden, wenn ich abends mit meinen Körben und Tüten auftauchte. Als ich eines Tages in der Markthalle Graved Lachs, Roastbeef, Kartoffelsalat und eine Karamelltorte gekauft hatte, sagte sie, daß sie sich wie eine Armenhäuslerin fühlte, wenn ich mit meinen Körben ankäme – ungefähr so, als stünden sie und die Kinder in ihrer ärmlichen Kate und müßten einen Knicks oder einen Diener machen, wenn der gütige Herr seinen Wohltätigkeitskorb brachte. Von da an hörte ich auf, für sie einzukaufen, aber ich traute mich nicht mehr an ihren Kühlschrank. Statt dessen sorgte ich dafür, auf dem Weg zu ihr was Kleines zu essen.

Eines Tages entdeckte ich im Postkorb auf der Spüle ihren Gehaltszettel. Ich konnte es mir nicht verkneifen, einen verstohlenen Blick darauf zu werfen, aber davon wurde ich auch nicht schlauer. Vermutlich war es das Urlaubsgeld oder eine Sonderzulage, nicht sonderlich imponierend, aber die Schulen hatten es ja ohnehin nicht so üppig. Später fragte ich sie unter irgendeinem Vorwand, wieviel sie verdiene, und es stellte sich heraus, daß es keineswegs eine Prämie war, sondern wirklich ihr Gehalt! Damit hätte man möglicherweise eine Kanarienvogelfamilie versorgen können, aber nicht sie und ihre Kinder. Ich frage mich, wovon sie eigentlich lebt?

Sonst vergewaltige ich ihn noch

Wenn er nicht bald zu Potte kommt, vergewaltige ich ihn auf dem Flurteppich, ehe er sich zur Wehr setzen kann, das schwöre ich. Die Kinder schließe ich vorher im begehbaren Kleiderschrank ein und behaupte, daß die Polizei hinter uns her sei, sie nehmen mir alles ab ...

Abend um Abend saßen wir da, alle vier, und quälten uns durch das Fernsehprogramm, dabei habe ich mit den Kindern nie abends ferngesehen. Wir haben immer gespielt oder mit Fingerfarben gemalt. Manchmal haben wir meine Knopfsammlung sortiert oder Fotos aus Illustrierten ausgeschnitten, die ich im Papiermüll gefunden hatte. Die Fotos klebten wir in Hefte, die ich in der Arbeit hatte mitgehen lassen, und dann dachten wir uns Geschichten dazu aus.

Bellas Erzählungen handelten oft von Mädchen, die ihre Papas aus merkwürdigen Situationen retteten (»und dann ist ein Walfisch gekommen und hat den Papa aufgefressen, und da hat das Mädchen ihn mit einem Staubsauger erschreckt, daß er husten mußte und der Papa rausgeflogen ist«), während Billys Geschichten eher surreal waren. Ich erinnere mich an eine, die von einem Traktor handelte, der sich in ein Klavier verliebt hatte, und dann gingen sie auf den Jahrmarkt, und dann kam der Papa vom Klavier und gab ihnen einen Kognak aus ... Er fand auch schöne Bilder zu seiner Story. Der Kognakflasche verpaßte er Schwimmfüße, damit sie sich sowohl auf See als auch an Land fortbewegen konnte.

Anfangs machte Janne mit, aber die Kinder waren so aufgekratzt von seinem Besuch, daß sie völlig abdrehten und immer lauter schrieen und lachten. In der Regel endete das Ganze damit, daß etwas kaputtging. Irgendwann versuchten wir, sie zu beruhigen, indem wir uns die Fernsehnachrichten ansahen, und schließlich saßen wir zu viert da und gähnten verstohlen. Ich ertappte mich bei dem Gedanken, daß die Strukturen der Wetterkarte an das Fell auf Jannes Brust erinnerten, in das ich meine Nase vergraben wollte und …

Vermutlich saß Janne da und dachte an etwas ähnliches, ja, vielleicht nicht gerade an meine haarige Brust, aber irgendwas muß ihn ja in der Wohnung gehalten haben. Und daß es nicht die Kinder waren, soviel ist sicher. Ich erinnere mich noch gut an seine Miene, als Bella ihr Marmeladenbrot auf seine helle Hose legte oder als die Kinder die Idee hatten, Orangenkerne in seiner Schnupftabakdose zu pflanzen, um zu sehen, ob daraus Apfelsinen wachsen würden.

Wenn er mich im Verborgenen auch nur mit dem kleinen Finger berührte, war Billy sofort da und brüllte: »Mama gehört mir! Hab sie als erster gesehn!« Und Bella kicherte.

Als er mit seinen Freßkörben ankam, herrschte zunächst Partystimmung in der ganzen Familie. Der erste Korb reichte eine ganze Woche, dann kamen sie in so dichten Abständen angerollt, daß wir uns an sie gewöhnten, ganze Löffel voller französischer Marmelade auf unseren Zwieback häuften, kiloweise Essen in uns hineinschaufelten und Überreste von halbaufgegessenen Sharonfrüchten und Galiamelonen in der ganzen Wohnung hinterließen. Aber irgend etwas drückte mein Gewissen wie ein Stein im Schuh.

Ich wußte, was es war. Man nimmt nicht einfach nur entgegen, man gibt auch etwas zurück, sonst landet man in der Dankesschuld. Was um alles in der Welt sollte ich nur Janne geben können? Ihm, der alles hatte, während ich über nichts von materiellem Wert verfügte? Ich hatte weder die Lust noch die Kraft, hausmütterlich seine Hemden zu bügeln oder ihm anzubieten, seine Wäsche zu waschen … Nicht einmal, wenn er es gewagt hätte, mein uraltes Bügeleisen auf seine eleganten Hemden loszulassen. Meine einzige Idee, die sowohl billig als auch machbar gewesen wäre, war eine Ganzkörpermassage. Das heißt, wenn ich etwas über Massage gewußt hätte. Und wenn ich meine Pfoten von den Partien hätte fernhalten können, denen sich seriöse Masseurinnen nicht widmen.

Nein, ich hatte keine Ahnung, was ich Janne als Gegenleistung für all seine Körbe geben sollte. Sex hätte ich ihm liebend gern angeboten, und zwar ohne eine einzige Scheibe luftgetrockneten Parmaschinken zur Belohnung ... Aber wir kamen wie gesagt niemals zum Zuge.

Und daher bat ich ihn schließlich, kein Essen mehr zu uns nach Hause zu schleppen wie ein Steinzeitmensch in seine Höhle.

In gewissen Nächten, wenn ich den Hunger mit Knäckebrot und halbverdorbenem Weichkäse ferngehalten hatte, hätte ich mir am liebsten selbst mit dem Nudelholz eins übergebraten, weil ich diese veralteten Prinzipien hatte. Julia »Pretty Woman« Roberts wußte Besseres, als sich zu sträuben, und einen gepunkteten Seidenhut bekam sie noch obendrein. Männer verwöhnen Frauen mit Geschenken, die Frauen schnappen nach Luft, und ihre Augen weiten sich, wenn sie die kleinen Samtschreine mit den Juwelen öffnen ... Dann lächeln sie durch den Tränenschleier hindurch, daß das Glyzerin nur so spritzt, und als Dank dafür erwartet man von ihnen, daß sie ergeben an seiner Seite stehen, seinen Kindern die Nase putzen, sich an den Geburtstag seiner Mutter erinnern und dafür sorgen, daß immer Bier im Haus ist.

Verdammt, mein ganzes Nettogehalt wäre für die Körbe draufgegangen, die er in einem Monat angeschleppt hatte.

Und nie kamen wir zum Zuge.

Wie konnte ich nur mein Auto vergessen?

Eines Tages schienen die Kinder plötzlich beschlossen zu haben, daß ich im Grunde ungefährlich war, ungefähr wie ein Möbelstück. Sie mußten also nicht bis in die frühen Morgenstunden wach bleiben, um aufzupassen, daß ich nicht ihre Mama schulterte und mit ihr davongaloppierte. An diesem Abend trabten sie direkt nach dem Abendessen in ihre Betten und schliefen ein. Und dabei war es erst kurz nach zehn.

Mariana und ich saßen eine Weile wie betäubt da und horchten auf die Geräusche aus ihrem Zimmer. Sie schlich sogar hin und legte das Ohr an die Tür, aber von drinnen war nur ein ruhiges, gleichmäßiges Schnaufen zu hören. Als sie zurückkam, hatte sie ein Glänzen in den Augen, das ich kannte. Wir begannen uns auf dem Sofa zu küssen, bis sie wie eine Katze zu maunzen begann. Ich rollte mich über sie, wobei sich der Action Man in meine Weichteile bohrte und ich aufjaulte. Sie nahm meine Hand, und wir schlichen uns in ihr Schlafzimmer, eine kleine Kammer, kaum größer als ein Kleiderschrank, aber für unsere Zwecke voll ausreichend.

Wir hatten uns so lange danach gesehnt, daß es weitaus wilder zuging, als ich es je zuvor erlebt habe. Das Laken verknotete sich zu einer Brezel und enthüllte eine Reihe von verschwommenen gelblich braunen Umrissen von alten Pipiflecken auf der Matratze, aber ich kümmerte mich nicht darum. Statt dessen umarmte ich sie weiter, bis ihre Knochen knackten, bohrte mich in sie, als wollte ich zurück zu den Ursprüngen, während sie nur immer lauter maunzte. Falls die Kinder aufgewacht wären, hätten sie sicher Panik bekommen.

Aber es wachten keine Kinder auf. Dagegen war plötzlich das Telefon zu hören. Mariana erstarrte in meinen Armen, und ich versuchte eine Weile reglos dazuliegen. Durch unser lautes Keuchen hindurch klingelte das Telefon immer weiter. Dann verstummte es, um bald wieder von vorn zu beginnen.

»Ich muß ...«, murmelte sie, entwand sich meinem Griff und versuchte die Beine über die Bettkante zu schwingen. Ich hielt sie fest, aber wir waren so verschwitzt, daß meine Hand von ihr abglitt.

»Pfeif drauf, das ist sicher nur eine Telefongesellschaft, die dir ein neues Abo aufschwatzen will ...«, versuchte ich sie zurückzuhalten.

Doch auf dem Ohr war sie taub und schlich splitterfasernackt in den Flur, hob ab und sagte Hallo. Dann stand sie eine Weile schweigend da und schien zuzuhören. Und dann sagte sie mit einer Stimme wie – ja, wie soll ich es beschreiben? – mildes Taubengurren, ganz tief aus der Kehle und einem Weinen täuschend ähnlich: »Ach, mein Liebling, wo bist du denn? Ja, das verstehe ich, aber wo?« Dann begann sie herumzubrabbeln, und ich hörte nicht mehr, was sie sagte, aber ich spürte, wie meine ganze Ausrüstung, die eben noch in Topform gewesen war, allmählich erschlaffte. Die Zeit verging, und sie saß im Flur herum und murmelte und seufzte und gurrte. Was war das hier eigentlich, verdammt? In mir staute sich eine gewaltige Wut an, aber was nützte das schon? Natürlich konnte die Frau in ihrer eigenen Wohnung ans Telefon gehen, wann immer sie Lust hatte – nur ich war am falschen Ort.

Plötzlich hatte ich genug. Ich sprang auf und begann mich anzuziehen. Die Kleidungsstücke waren hier und da im Zimmer verteilt. Die Unterhose hatte sich beim stürmischen Ausziehen weich um die Stehlampe drapiert, und den einen Strumpf konnte ich überhaupt nicht entdecken. Jetzt wollte ich am liebsten nur noch weg, aber andererseits konnte ich mich ja auch nicht ohne weiteres an der verdammten Turteltaube im Flur vorbeidrängeln. Also blieb ich mit hängenden Schultern mitten auf dem Bett sitzen und las frustriert in einem Kinderbuch, das »Vierzehn Mäuse ziehen um« hieß. Dann begann ich mit der »Geschichte vom kleinen Kätzchen«.

Gerade als ich ein halbes Donald-Duck-Taschenbuch geschafft hatte, hörte ich sie auflegen. Am Ende des Gesprächs hatte es so geklungen, als habe sie vergeblich versucht, mit dem Menschen am anderen Ende Kontakt zu bekommen, der offenbar aus der Leitung verschwunden war. Sie kam mit abwesendem Blick ins Zimmer, noch immer splitterfasernackt. Die Dakkelohren wippten beim Gehen. Sie sagte nichts, und sie sah mich nicht an.

»Ich gehe jetzt wohl besser, oder?« meinte ich dümmlich. Sie zuckte zusammen und starrte mich an, als sei ihr gerade eingefallen, daß sie noch einen Topf auf dem Herd habe. Dann strich sie mir zerstreut übers Haar, und ich sah, daß sie geweint hatte. Sie setzte sich neben mich aufs Bett.

»Weißt du, Janne«, sagte sie. »Mir ist nie klar gewesen, was du an uns findest. Du hast kein besonderes Interesse an Kindern, und du kannst sicher alle Frauen kriegen, die du willst. Neulich hast du selbst gesagt: Was mache ich eigentlich hier? Ist dir eine gute Antwort eingefallen?«

»Wer war das am Telefon?« fragte ich. »Der Vater deiner Kinder, oder? Deine große Liebe? Vielleicht kannst du mir sagen, was ich hier mache? Denn wenn du mich gar nicht hier haben wolltest, dann hättest du mich doch nicht reingelassen, verdammt noch mal!«

Sie sah schuldbewußt aus. Dann begann sie mit warmen, trockenen Fingern in meinen Brusthaaren herumzuwühlen.

»Wie soll ich es nur sagen, ohne plump zu sein?« fing sie an. »Ich lebe allein, oder besser gesagt, ohne Mann, aber das wissen meine Hormone nicht. Ich brauche einen Mann in meinem Bett, und glaub bloß nicht, daß ich runtergehen und mir jeden X-Beliebigen aus dem Sortiment in der Kneipe angeln kann. Du machst mich an, und das kommt nicht so oft vor, und es tut mir leid, daß es heute abend entgleist ist. Vermutlich werde ich den Kopf gegen die Wand rammen, wenn du weg bist, weil ich überhaupt ans Telefon gegangen bin. Aber du weißt doch, Janne, daß ich keine passende Gesellschaft für einen Lamborghini bin.

Wo könnte dieses Verhältnis hinführen? Kannst du dir vorstellen, wie ich mit einem Cocktailtablett auf deiner Terrasse stehe? Ich frage noch mal: Was willst du mit mir? Es kann nicht nur der Sex sein, so dumm bin ich nicht. Mit einem Auto wie deinem könntest du bessere Fänge machen als eine Mutter mittleren Alters mit zwei kleinen Kin...«

Ich sprang heftig auf.

»Da hast du recht!« sagte ich außer mir vor Wut. »Ich habe ja mein Auto ganz vergessen! Schon seit mehreren Wochen! Gut, daß du mich daran erinnert hast, jetzt werde ich losziehen und an der Storgatan Frauen aufreißen!«

Und dann stürmte ich mit nur einem Strumpf aus der Wohnung. Sie unternahm keinen Versuch, mich aufzuhalten.

Auf dem Heimweg schlug ich die Faust aufs Armaturenbrett und schimpfte laut vor mich hin: »Was soll ich eigentlich mit dir anfangen, Mariana? Mit dir und deinen Gören? Was für Fänge ich machen könnte, und was für Frauen ich in meinem Leben schon alle gehabt habe! Charlotte, Jette, Sara Angela...« Ich versuchte mich zu erinnern und die ganzen langbeinigen Models mit Seehundaugen aufzuzählen, mit denen ich allein im letzten halben Jahr Dates gehabt hatte, aber in meinem Kopf verschwammen sie alle ineinander. Sie waren nicht realer als eine Herzchen-SMS.

Mariana dagegen war real. Die Realität selbst. Mit Kindern, Pipiflecken auf der Matratze und allem drum und dran.

Aber ich stand immer nur da

Erst war der Eismann da, und jetzt ist er nie da, und Mama wird böse, wenn man fragt, ob er kommt. Dabei fände ich es gut, wenn er kommt und dann so Körbe dabeihat mit ganz viel Sachen drin, aber nicht diesen ekligen Käse, der ist so matschig. Und mehr Süßkram.

Er hat gesagt, daß wir zum Disniland fahren, das hat er gesagt. Das ist aber schon ganz lange her, und ich weiß nicht, wann das was wird, aber ich hab Amanda davon erzählt, und jetzt quengelt sie jeden Tag rum. Bist du schon im Disniland gewesen, was, Bella? Und dann tuschelt sie mit den anderen. Aber da hab ich gesagt, das Disniland war geschlossen, weil die Löwen ausgebrochen sind. Und da hat Tina gesagt, das kann schon sein, Amanda, ich schaffe es nicht, alles in den Zeitungen zu lesen.

Danach hat Tina mich in den Bastelraum mitgenommen und hat ganz lange und blöd davon geredet, daß es schlimm ist, wenn man sich Sachen ausdenkt. Man darf sich schon Sachen ausdenken, das nennt man Fantasie, aber man muß vorsichtig sein und darf sich nicht zuviel ausdenken, und da hab ich gesagt, daß ich mir *gar nix* ausgedacht hab, die Löwen sind nämlich *wirklich* ausgebrochen und haben ganz viele Kinder aufgefressen und Kita-Tanten auch! Und dann habe ich mich im Flur hinter den Mänteln der Kita-Tanten versteckt, und da hab ich dann ganz lange gestanden. Die anderen haben mich gerufen und hatten Eis und alles, aber ich stand immer nur da.

Über die Bedeutung von Pünktlichkeit

Bella ist wie ausgewechselt, da muß neulich in der Kita irgendwas vorgefallen sein. Tina mit den Zöpfen hat mich beiseite genommen und gesagt, daß Bella Probleme mit den anderen Kindern habe, sie habe wohl eine etwas zu lebhafte Phantasie. Sie hat von Löwen herumphantasiert, die Kinder fräßen, ob vielleicht was Besonderes passiert sei? Ich hatte keine Ahnung, was los war. Bella hatte sich versteckt, und schließlich mußten wir sie hinter den Mänteln hervorzerren. Sie weinte die ganze Zeit und schlug mit den Fäusten nach mir, als ich sie in den Arm nehmen wollte. Dann sagte sie, daß sie nie mehr in die Kita gehen wolle.

Der nächste Morgen war die reinste Hölle: Sie wollte sich nicht anziehen und nicht losgehen, und ich wurde immer verzweifelter, weil ich schon ein paarmal zu oft verspätet zur Arbeit gekommen war.

Ach, Micke, wenn ich dich nur um Rat fragen könnte! Aber du bist irgendwo in Stockholm, obwohl mir nicht klargeworden ist, was du machst oder wo du genau bist, es war die Rede von irgendeinem Projekt. War es eines deiner ganz besonderen Projekte, oder befindest du dich in irgendeinem Wohnprojekt? Du hast fröhlich und gut gelaunt geklungen, und das Schlimme daran ist, daß ich nicht weiß, ob es daran liegt, daß du allmählich gesund wirst, oder ob du gerade auf dem besten Weg bist, noch verrückter zu werden. Du hast viel davon geredet, daß bestimmte Menschen eine destruktive Aura hätten und daß du endlich begriffen habest, wie das alles zusammenhinge.

Klingt nicht gerade vielversprechend, aber ich mußte nur deine Stimme hören – und schon kam meine ganze alte Liebe zurück und zerrte an mir, und ich vergaß völlig, womit Janne und ich gerade beschäftigt waren. Der Arme, er saß so enttäuscht und verlassen da, und ich konnte es ihm nicht erklären.

Rasend vor Wut ist er in die Nacht hinausgestürmt, und ich kann es ihm nicht einmal verdenken, aber vermutlich habe ich mir damit den letzten kleinen Ausweg zu einem normalen Erwachsenenleben verbaut. Der kommt nicht zurück, bestimmt nicht!

Billy ist der einzige, der so ist wie immer. Er hat ein bißchen herumgequengelt, weil das ferngesteuerte Auto nicht mehr funktionierte, doch dann hat er es in die Spielzeugkiste gelegt und vergessen. Natürlich war es nicht kaputt, nur die Batterien waren zu Ende, aber ich habe weder Geld noch Lust, neue zu kaufen.

Heute hat mich der Studiendirektor zu sich zitiert und ein langes Gespräch mit mir über die Bedeutung der Pünktlichkeit geführt. Daß man ein Vorbild für die Schüler sein solle, die doch solche Probleme damit hätten, rechtzeitig zu kommen. Ich hatte wirklich keine Lust, mich an seinem Revers über meine Situation auszuheulen, was versteht er schon davon? Seine Frau Ulla arbeitet im Sekretariat und geht immer eine Stunde früher nach Hause, um rechtzeitig das Abendessen fertig zu haben. Kinder haben sie keine. Sie hat mir übrigens anvertraut, daß sie eine halbe Stunde vor ihm aufsteht, weil er so gerne frischgepreßten Orangensaft und frischgebackenes Weißbrot zum Frühstück mag. Herr im Himmel – ich dachte, diese Art sei seit der Lohngleichstellung von Mann und Frau ausgestorben!

Die Sache mit Janne ließ mir keine Ruhe. Ich dachte ein paar Tage nach, dann rief ich ihn an.

»Hier Jan Widing, zur Zeit in Spanien unterwegs, hinterlassen Sie eine Nachricht oder rufen Sie mich ab Kalenderwoche zweiundvierzig wieder an!«

Ich frage mich, ob er eine Neue hat … und sehe ihn vor mir am Swimmingpool – mit neuer Armanibrille und einer Meute langbeiniger Damen mit Silikonfüllung um sich herum. Der Gute.

Wünschte, du wärest nicht hier?

Jennys Mutter ist zweiundachtzig und auf dem besten Wege, senil zu werden. Jenny geht etwa zweimal pro Woche hin. Sie teilt sich die Arbeit mit ihrem Bruder, der einmal alle zwei Wochen hingeht. Nicht etwa, daß er bei seiner Mutter putzen oder ihre Tiefkühltruhe füllen würde – aber er geht hin und streicht ihr über den Kopf und nennt sie kleines Muttchen und kümmert sich um ihre Finanzen.

Jennys Bruder heißt Erik und ist ein untersetzter Mann, der zur höchsten Risikogruppe für Haarausfall gehört. Er ist ein echter Besserwisser, und ich kann ihn nicht ausstehen, aber das muß ich Gott sei Dank auch nicht so oft. Er besucht Jenny so gut wie nie, sondern ruft sie nur an und gibt ihr kleine Tips und Anweisungen, wie beispielsweise, daß sie vielleicht etwas häufiger mit dem kleinen Muttchen spazierengehen solle. Am besten täglich! Und letzten Freitag habe es in ihrer Kühltruhe doch ein wenig gestunken, nicht wahr?

Daß die Mutter eine helfende Hand vom Altenpflegedienst brauchen könnte, denkt er nicht, und das wäre im übrigen nicht kostenlos. Jenny, die alleinstehend sei, könne doch ihrer Mutter diesen kleinen Gefallen tun! Er selbst kümmere sich ja um die Finanzen.

Dann und wann versucht Jenny ihm zu vermitteln, daß sie nicht *ganz* alleinstehend ist. Schließlich hat sie zwei Kleinkinder, die schwer zu tragen sind und sich nicht gut bei der Mutter abstellen lassen, während sie dort die Böden wischt und auf Vorrat Wecken und Eierkuchen für die Tiefkühltruhe bäckt. Aber auf dem Ohr ist er taub, das Höchste der Gefühle war, daß er einmal genervt sagte: »Okay, ich schau mal, ob Anita Zeit hat, diese Woche einen Besuch zu übernehmen. Aber ich glaube, sie hat gerade Inventur in ihrer Firma.«

Anita ist seine Frau, und Jenny würde eher noch eine wildfremde Person von der Straße um Hilfe bitten. Anita hat eine Art, die Augen zu verdrehen und kleine, erstickte Seufzer auszustoßen, die Jenny die Wände hochgehen lassen. Da putzt sie lieber selbst, mit Gabi im Tragegurt auf dem Rücken, obwohl sie nach der Nachtschicht im Pflegeheim, wo sie arbeitet, ziemlich erschöpft ist.

Daß Erik selbst eine Putzschicht übernehmen könnte, würde ihm nicht einfallen, und Jenny übrigens auch nicht.

Doch eines Tages hatte Erik ein Problem. Er sollte in seiner Firma zum Abteilungsleiter befördert werden, wenn er bereit wäre, nach Eskilstuna umzuziehen. Anita war Feuer und Flamme, aber Erik machte sich Sorgen. Wer sollte sich nun um die Finanzen seines kleinen Muttchens kümmern?

Schließlich einigten sie sich, daß Jenny das übernehmen solle, über E-Mail und Homebanking. Dafür würde er ihr den Computer überlassen, den er selbst soeben abgestoßen hatte. Er machte eine große Sache daraus, daß er ihn ihr schenkte, dabei meinte der Computerfachmann an unserer Schule, so eine alte Kiste könne ansonsten höchstens noch als Ballast beim Netzfischen verwendet werden.

Jenny ist mit diesem Arrangement jedoch sehr zufrieden. Sie sagt, daß jeden Monat etwas von der Rente ihrer Mutter übrigbleibe, die diese mittlerweile darauf verwende, für ihre Enkel Kleidung zu kaufen. Das heißt, es ist nicht ganz klar, ob sie weiß, was sie tut, aber was soll's, sagt Jenny, das Geld muß früher direkt in Eriks Tasche geflossen sein. »Ich arbeite zumindest für sie«, sagt Jenny. »Und im übrigen hätte Mama sicher nichts dagegen, wenn man nur mit ihr kommunizieren könnte.«

Der Computer veränderte Jennys Leben von Grund auf. Sie begann bei den Kontaktanzeigen herumzusurfen. Nach Liebe dürstende Männer aus der ganzen Welt, die alle gerne Kontakt zu ihr aufnehmen wollten, bekam sie frei Haus geliefert. Es gab eine hohe Nachfrage nach weichen, weiblichen und verständnisvollen Frauen, die ähnliche Interessen wie die Männer selbst hatten und am besten zwischen drei und zwanzig Jahren jünger waren. Jenny ist weder besonders weich noch verständnisvoll gegenüber Männern, wenn sie ihnen in der Realität begegnet, das hatte ihr das Leben abgewöhnt. Doch es handelt sich dabei ja um dehnbare Begriffe, und sie liebte es, E-Mails zu bekommen. Sie war so lange allein gewesen, vor allem in den letzten Jahren mit Kenny.

Ich will mich nicht beschweren, aber die Telefonate mit ihr wurden immer langweiliger. Früher hatten wir mindestens jeden zweiten Abend miteinander geredet, aber jetzt war durchs Telefon zu hören, daß sie während des Gesprächs auf der Tastatur herumtippte. Ihre Antworten wurden immer zerstreuter, und manchmal sagte sie »wart mal kurz ... wart mal« und kicherte unmotiviert. Okay, sie hatte nicht viel Freizeit, in der sie herumsurfen konnte, aber für mich war es ziemlich langweilig. Ich rief nicht mehr an, und manchmal vergingen zwischen unseren Gesprächen mehrere Tage.

Es war nicht leicht für mich. Noch ein armseliges Luftloch zur Außenwelt zugestopft. Jetzt waren es im großen und ganzen nur noch die Stadtwerke, die Telefongesellschaft und der Gerichtsvollzieher, die regelmäßig den Kontakt mit mir suchten.

Neulich bekam ich jedoch eine kryptische Ansichtskarte von Janne, in einer krakeligen, schiefen Handschrift. Er war offenbar in Barcelona, und der Text folgte dem Schema F für solche Karten: »Herrliches Wetter, 23 Grad im Wasser, das Essen wunderbar ...« Und dann etwas Seltsames: »Wünschte, du wärest nicht hier!!!« Er hatte ein Schwarzweißfoto von meinem Gesicht aufgeklebt, auf dem ich hinter einem blühenden Hibiskus hervorschaute.

Wieso »wärest nicht hier«? Und wo hatte er das Foto her?

Sofort rief ich Jenny an, um die Sache mit ihr zu diskutieren, aber sie ging nicht mal ans Telefon.

Besoffener Nordländer verlangt nach Briefmarken

Wir, Chris und ich, wohnten in einem kleinen Familienhotel in der Nähe der Kathedrale von Barcelona – der alten Kathedrale, nicht Gaudís Sagrada Familia, die immer von einem Kranz Japaner mit Kameras umgeben ist.

Mein Zimmer war überladen, aber gemütlich eingerichtet mit Tapeten, Gardinen, Tagesdecken und Sofabezügen im selben Rosenmuster. Sogar die Türgriffe hatten die Form von Rosen, und der Teppich war farblich abgestimmt. Als ich über die Türschwelle trat und die Tasche vor dem schweren Kleiderschrank abstellte, erwischte ich mich dabei, wie ich laut vor mich hin redete:

»Guck mal, sie haben das Klo übersehen! Keine einzige Rose weit und breit! Vielleicht ist das Rosenmuster ja eigentlich ein schwerwiegender Typus von Bauschimmel in diesem Haus? Morgen wird er sich bis an die Decke vorgearbeitet haben ... und eines Morgens wacht man auf und hat Rosenmuster am ganzen Körper ...«

Plötzlich merkte ich, daß ich einen Dialog führte, daß ich mich mit Mariana unterhielt. Mit ihr konnte man so herrlich herumalbern. Wenn sie und ich mit unseren Taschen in dieses Zimmer getreten wären – es war ein Doppelzimmer –, dann wäre sie die erste gewesen, die über die ganzen Rosen gekichert hätte. Ich sah sie am Fenster in dem rosigen Sessel sitzen, und es war auf einmal so real, daß ich eine ganze Weile stehenblieb und starrte.

Dann raffte ich mich auf und ging mit Chris in die Hotelbar. Wir waren in Barcelona auf einer Computermesse, und ich sollte einen Vortrag über das Urheberrecht von Computerprogrammen halten, eine knifflige Frage, die bisher anscheinend kein Land durch eine flächendeckende Gesetzgebung gelöst zu haben schien.

Chris war extrem aufgekratzt und versuchte weltgewandt mit dem Barkeeper über die Kognakmarken zu diskutieren – in einem Spanisch, das am ehesten an einen Sprachfehler erinnerte. Der Barkeeper lächelte manchmal verstohlen, aber der Gast ist nun mal König. Und dann drehten wir ein paar Runden auf den Ramblas. Chris flatterte weiter zu irgendeinem Nachtclub, und ich ging zum Hotel zurück und schaltete den Fernseher im Zimmer an. Gewaltige spanische Matronen mit schweren Augenlidern brüllten sich an, und mir war nicht klar, ob es eine dramatische Familiensoap war oder eine gewöhnliche Talkshow. Daher klappte ich den Laptop auf und begann gedankenverloren im Netz herumzusurfen.

Nach einer Weile mußte ich mit einer gewissen Betrübnis einsehen, daß ich nach Mariana suchte. Sie war mit einer normalen Suchmaschine nicht zu finden, vermutlich hatte sie in ihrem Leben nichts ausgerichtet, was sie für Yahoo oder Google qualifiziert hätte, aber ich fand sie trotzdem. Die Schule, wo sie letztes Jahr gearbeitet hatte, besaß eine Website mit Fotos vom Lehrerkollegium, und sie war dabei. Sie stand ein wenig abseits der anderen, letzten Endes war sie ja nur eine Vertretung, und sie spähte mit zerzaustem Pony und einem geheimnisvollen, etwas schiefen Lächeln in die Kamera, als wollte sie sagen: »Now you see me, now you don't!«

Ich schlief mit ihrem Gesicht vor den Augen ein.

Die Konferenz verlief normal, das Messegelände war ein riesiger Hangar voller neuer Produkte und mit Bildschirmen an jeder Ecke. Chris war aufgedreht wie ein Kind im Vergnügungspark Gröna Lund und wollte alles ausprobieren. Ich saß am liebsten in der Ausstellerkantine bei ein paar Tapas und einem Glas Weißwein und redete mit Leuten aus aller Welt. Viele hatten meinen Beitrag gehört, und wir hatten einige erfrischende Streitgespräche über die Sicherstellung des Urheberrechts von

Computerprogrammen. Über diese Frage kann man nämlich ebenso verschiedene Auffassungen haben wie über die unbefleckte Empfängnis. Die meisten Computerprogramme bestehen nämlich aus denselben Bausteinen, was also macht sie so einzigartig, daß man das Urheberrecht auf sie anwenden könnte? Allerdings kann es Millionen kosten, sie zu bauen, und natürlich will man der einzige sein, der daran verdient.

Schließlich schlug ein kleiner Mann von Toshiba vor, auszugehen und »tly some leally good Lioja wine«. Und plötzlich hörte ich mich selbst antworten, leider nein, ein anderes Mal vielleicht, denn ich hätte eine Freundin, die auf mich warte ... Er blinzelte mir begeistert zu, machte eine Verbeugung mit gestrecktem Rücken und verschwand diskret.

Und ich ging hinaus, vorbei an den Wachen mit ihren Metalldetektoren, und stellte mir vor, daß sie dort draußen in dem kleinen Straßenrestaurant saß und auf mich wartete, mit einem großen Sonnenhut auf dem Kopf und mit gesenkten Augenbrauen in irgendeinen spanischen Roman vertieft. Und dann wären wir mit der kleinen Bahn auf den Berg gefahren und hätten auf einer Terrasse im Sonnenuntergang irgendwas mit Thunfisch gegessen und zugesehen, wie die Straßen dort unten wie Perlenreihen aufleuchteten. Ein weiterer Abend mit Chris kam mir wie ein unüberwindbares Projekt vor.

Wir blieben drei Tage, und am zweiten Abend fragte Chris, ob wir nicht was zusammen essen gehen könnten. Er sah aus wie ein Basset, als ich erklärte, daß ich ... hm ... eine Verabredung mit einer Dame hätte ... aber andererseits konnte er seine Neugier nicht verhehlen. Er begann mich diskret nach ihrer Nationalität auszufragen, und ich deutete an, daß sie Schwedin sei, und dann beschrieb ich Mariana. Verdammt pubertär, aber irgendwie machte es Spaß, und er nahm ja keinen Schaden davon. Im tiefsten Inneren wußte ich, worum es ging.

Als ich noch klein war, der Sohn zweier überbehütender Eltern im fortgeschrittenen Alter, hatte ich einen Phantasiefreund, den ich Wolfram getauft hatte. Wir spielten eine Zeitlang sehr intensiv miteinander, aber ich erzählte ein bißchen zuviel von ihm, und das Ganze endete bei einer Kinderpsychologin. Sie schläferte Wolfram ein, schnell und schonungslos, und dann war ich wieder allein.

Ich stellte fest, daß Mariana meine Phantasiefreundin geworden war. An diesem Abend ging ich aus und soff mich mit einer Clique von Amerikanern ordentlich zu, und als ich nach Hause kam, zog ich das Foto von Mariana aus dem Internet auf eine Diskette. Das arme Mädchen in der Rezeption sah erschrocken aus, als ein hochgradig besoffener, torkelnder Nordländer um drei Uhr morgens nach Ansichtskarte, Briefmarken und Zugang zum hoteleigenen Computer und Drucker verlangte, aber sie erfüllte meinen Willen.

Ich kritzelte eine alberne kleine Mitteilung zusammen und klebte ihr Foto auf die Karte. Ich wollte, daß sie kapierte, wie anstrengend es war, sie die ganze Zeit in Gedanken zu haben. Wo wir doch nicht einmal ein Verhältnis hatten, wie sie immer sagte.

Jetzt hat er schon wieder Schwierigkeiten

Heute hätte ich mich beinahe völlig unglücklich gemacht.

An der Schule bin ich verantwortlich für die Materialbeschaffung für den Kunstunterricht. Ich plante eine Einheit über Fototechnik und hatte gerade von einer billigen Digitalkamera gehört, die per Telefon aus England bestellt werden konnte. Ulla, die Sekretärin, hob vorübergehend die Sperre auf, womit in der Schule teure Telefonate belegt waren, damit ich dort anrufen könnte. Ich rief bei der Firma an, aber niemand ging ans Telefon, und plötzlich blieb mein Blick am Gekritzel auf meiner Schreibtischunterlage hängen.

Jannes Handynummer! Von zu Hause rufe ich nie auf Handys an, die Gespräche können ja ewig teuer werden, doch jetzt wählte ich seine Nummer. Es war etwa zehn Uhr vormittags, er müßte eigentlich wach sein. Und er meldete sich!

»Ja?« brüllte er. Im Hintergrund war Blasmusik zu hören.

»Warum willst du mich auf gar keinen Fall in Barcelona dabeihaben?« fragte ich.

»Mariana?«

»Ja, ich bin's.«

»Hier ist gerade so ein verdammter Lärm … eine Parade … warte mal. Also, ich muß mich wirklich entschuldigen, falls ich etwas Unpassendes geschrieben haben sollte. Ich war total abgefüllt und habe mich einsam gefühlt. Und ich hatte das Gefühl, als würdest du mir sehr fehlen.«

Ich sah mich in der dürftigen Kammer um, die ich mit drei anderen Lehrern teilte. Stapel von unkorrigierten Klassenarbeiten türmten sich neben leeren Kaffeetassen, Bananenschalen und aufgeschlagenen Büchern. Vor dem Fenster wirbelten die ersten Herbstblätter im schneidend kalten Wind umher. Alles fühlte sich grau an, mit einem Hang ins Bräunliche.

»Erzähl mir, was du siehst«, sagte ich.

»Wie bitte?«

»Erzähl mir genau, was du gerade siehst«, sagte ich. »Das wird vermutlich das einzige exotische Urlaubserlebnis in diesem Jahr sein. Ja, abgesehen von unserem Abenteuer unter der Schaukel. Leg los!«

»Okay ... Ich stehe hier an einem kleinen Marktplatz in Barcelona, eben ist ein Blasorchester vorbeigekommen – übrigens kann *ich* von unserem Abenteuer unter der Schaukel *nicht* absehen, hörst du? Also, sie trugen rote Uniformen mit blauen Kordeln, und am Ende des Zuges kam eine Baßtrommel, die wie ein Pendel hin- und herschwankte, weil der Typ, der sie gespielt hat, ziemlich gehumpelt ist. Gleich daneben gibt es eine Frühstücksbar, wo warmer Kakao mit Churros serviert wird, das sind lange gedrehte Streifen aus Spritzteig, die in großen Wannen fritiert werden. Davor sitzt ein ziemlich heruntergekommener alter Mann auf einer Decke und spielt Mandoline. Er hat einen kleinen schwarzweißen Köter dabei, der auf den Hinterbeinen tanzt, wenn er mit Churros gefüttert wird ... Es wird bestimmt ein schöner Tag, es weht vom Meer herauf, jede Menge Blumen gibt es hier, frag mich nicht, wie sie heißen ...«

Er erzählte lebendig und unterhaltsam. Hinter mir hörte ich, wie sich eine Tür öffnete und wieder schloß, aber niemand schien hereinzukommen.

»Wie warm ist es denn jetzt in Barcelona? Und wie lange bleibst du?« fragte ich schließlich, doch im selben Moment war hinter meinem Rücken ein wütendes »hrrrmmm« zu vernehmen. Ich drehte mich um. Der Studiendirektor lehnte sich mit verschränkten Armen an die Tür. Irritiert runzelte ich die Stirn in seine Richtung, denn es war ja ein Privatgespräch. Dann fiel mir plötzlich ein, wo ich mich befand, und beendete rasch das Telefonat.

Der Studiendirektor machte nicht viel Federlesens.

»Es gibt ein paar Dinge, die ich schon seit langem mit Ihnen besprechen wollte«, begann er mit seiner knarrenden Stimme.

Sie klang mindestens fünfzehn Jahre älter als er selbst, dabei ist er wohl kaum älter als ich.

»Es ist schlimm genug, daß Sie mehrmals zu spät gekommen sind«, sagte er. »Ich habe auch registriert, daß Sie Ihren Arbeitsplatz verlassen, sobald der Unterricht beendet ist. Ist Ihnen eigentlich klar, daß man heutzutage seinen Arbeitstag an seinem Arbeitsplatz verbringt? Sie müssen zur Verfügung stehen, auch wenn Sie momentan keinen Unterricht haben. Und Ihre Unterrichtsvorbereitungen sollten Sie ebenfalls hauptsächlich hier erledigen.«

»Aber ich mache sie lieber zu Hause«, versuchte ich ihn zu überzeugen. »Dann müssen die Kinder nicht so lange in der Kita bleiben.«

Er schnaubte. »Sie arbeiten wegen Ihrer Kinder doch schon Teilzeit. Und ich hatte *etliche* Schwierigkeiten, Ihren Stundenplan so zu legen, daß Sie freie Nachmittage haben. *Etliche!* Nun gibt es allerdings noch eine Sache, die ich besprechen wollte«, fuhr er fort. »Wie Sie wissen, müssen wir in diesem Halbjahr starke Sparmaßnahmen durchführen. In unserem Haushalt gibt es keinen Platz für Vertretungen, die teure, private Auslandsgespräche führen – unter dem Vorwand, Einkäufe für die Schule zu tätigen!«

Er sah so triumphierend aus wie ein Bulle, der gerade einen bekannten Serienmörder in Handschellen legt. Ulla schien gepetzt zu haben, daß ich ein Auslandstelefonat beantragt hatte. Dieses verdammte Radarpaar steuerte die ganze Schule mit Eisenhand, Stempeluhr und Taschenrechner.

»Aber ...«, sagte ich versuchsweise. »Ich habe erst in England angerufen, aber dann ... dann hat ein guter Freund von mir angerufen ...«

»Aha, er hat Sie angerufen?« sagte er und lächelte boshaft. »Also waren Sie gar nicht der Anrufer? Denken Sie genau darüber nach, so etwas läßt sich ja ohne weiteres auf der Telefonrechnung überprüfen!«

Ich verfluchte mich selbst. Wie lange hatte er wohl dagestanden und gelauscht? Und warum nur hatte ich behauptet, daß ich angerufen worden sei?

»Ich weiß nicht mehr genau, wer angerufen hat …«, murmelte ich lahm.

»Hab ich's mir doch gedacht«, sagte er zufrieden. »Wissen Sie, jetzt machen wir es so: Ulla überprüft, was das Gespräch gekostet hat, und dann bezahlen Sie es privat. Wir können es von Ihrem Gehalt abziehen. Und Sie können froh sein, daß Sie so billig davongekommen sind. Wenn es weitere … hm … Zwischenfälle gibt, dann müssen wir die Konsequenzen ziehen, verstanden? Sie haben ja bekanntlich keine feste Stelle.«

Ich sagte gar nichts. Er stapfte mit entschlossenen Schritten zur Tür. Dann drehte er sich um und versetzte mir genußvoll einen letzten Seitenhieb: »Und außerdem wäre ich dankbar, wenn Sie sich einen Wecker besorgen würden!«

An diesem Abend war mir klar, daß das, was ich am meisten in meinem Leben vermißte, ein Lebensgefährte mit Mülleimerfunktion war. Offenbar kann man ohne Sex leben, aber man braucht einen Mülleimer, in den man seine kleinen täglichen Aggressionen kippen kann. Wenn Micke zu Hause gewesen wäre, hätte ich meinen Kopf auf seinen Schoß gelegt und von meinem Tag erzählt. Micke hätte sich begeistert irgendwelche bizarre Racheaktionen ausgedacht, beispielsweise den Studiendirektor mit Knockouttropfen außer Gefecht zu setzen und dann das Wort »Eeetliche« auf seine Stirn zu tätowieren.

Normalerweise steht Jenny als Mülleimer zur Verfügung. Aber als ich sie abends anrief, blubberte es nur so aus ihr heraus von einem neuen Typen, den sie im Internet kennengelernt hatte. Er nannte sich Zorro und war offenbar ebenso charmant wie tiefgründig. Sie hatten schon etwa fünfzig E-Mails gewechselt. »Liebe auf den ersten Pixel«, zwitscherte sie.

Ich seufzte neiderfüllt, aber ich habe ja keinen PC zu Hause. Und ich frage mich, was der Studiendirektor gesagt hätte, wenn er mich auch noch dabei erwischt hätte, wie ich auf dem schuleigenen Rechner heiße E-Mails verschicke.

Gott fliegt herum

Janne kam mit einer schicken Sonnenbräune und einem ziemlich dämlichen Grinsen aus Barcelona zurück. Dabei glaubte ich, daß er eigentlich eine Art Entschluß gefaßt hatte, mich nicht mehr zu sehen. Er hatte den Arm voller spanischer Puppen in Mantillen für Bella, und sie sah ihn zunächst mißtrauisch an, schmolz dann aber widerwillig lächelnd dahin. Sie war ihm gegenüber sehr abweisend gewesen, aber vielleicht ging das gerade wieder vorüber. Billy schleppte gleich sein ferngesteuertes Auto an, und Janne zeigte mir, daß das kleine zugehörige Gerät die Batterien aufladen konnte, ich brauchte also keine neuen zu kaufen.

Irgendwie war es ziemlich gemütlich, ihn im Haus zu haben, und unsere Affäre schien noch nicht abgeschlossen zu sein, obwohl sie eigentlich nie begonnen hatte. Ich hatte gerade mein Gehalt bekommen und lud ihn zu Honigrippchen (tiefgefrorene Rippchen, bei Coop im Sonderangebot) und mit Knoblauchzehen gespickten Ofenkartoffeln ein.

Den Tip mit den Kartoffeln hatte ich von der russischen Putzfrau an unserer Schule. Sie sagte, daß sie, wenn es zu Hause in Petrosawodsk nichts anderes zu essen gab, in Ofenkartoffeln mit Knoblauch schwelgten. Die Kartoffeln bauten sie in den Blumenbeeten an ihren Hochhäusern an und lagerten sie in der Garage, da ohnehin keiner ein Auto hatte. Rippchen gab es natürlich eher selten, meistens Zwiebeln, Kartoffeln und marinierte Pilze. Und zu den Ofenkartoffeln aßen sie Kartoffelsalat …

Ich servierte Weißkohlsalat dazu, das ist zwar nicht gerade der Knüller, aber man kann ihn mit Orangen und Rosinen aufpeppen. Und natürlich sagte er, daß es das beste sei, was er seit langem gegessen habe. Was lieb war, vor allem in Anbetracht der Tatsache, daß er gerade in Spanien gewesen war. Einen guten Rioja hatte er dabei, und Eis. Er mag es, wenn die Kinder ihn Eismann nennen, und als er die letzten Male vorbeischaute, hatte er immer welches dabei.

Billy sah ihn offenbar plötzlich als Autorität auf verschiedensten Gebieten, denn er beugte sich über den Tisch und fragte feierlich: »Sitzt Gott im Himmel fest, oder fliegt sie herum?«

»Sie fliegt herum«, sagte Janne, ohne mit der Wimper zu zukken. »Sie muß doch ein bißchen Überblick haben, was passiert, oder?«

Billy nickte nachdenklich. Genau das hatte er wohl vermutet.

Bella kann es nicht leiden, wenn Billy als einziger das Wort führt, und schob deshalb gleich ihre Frage hinterher: »Du ... du, Eismann? Ist eine Giraffe so groß, wie sie nur werden kann?«

»Wie meinst du ...«, setzte Janne an, aber dann sah er, daß Bella die Stirn in Falten legte, vermutlich wollte sie auch eine geradlinige und einfache Antwort. Und nicht als diejenige gelten, die dumme Fragen stellte.

»Die meisten Giraffen sind so groß, wie sie nur werden können«, sagte er rasch. »Außer den ganz kleinen natürlich. Gute Frage!«

Bella nickte zufrieden. Abgesehen davon, daß er sich eigentlich nicht für Kinder interessiert, hat Janne ein gutes Gefühl dafür, was hinter ihren kleinen Stirnen vorgeht. Irgendwie steht er ihnen wahrscheinlich noch näher ... nein, das war gemein. Er ist wirklich nur fünf Jahre jünger als ich.

An diesem Abend mußte ich ihnen nicht einmal »Vierzehn Mäuse ziehen um« vorlesen. Sie aßen Rippchen, bis sie von den Stühlen kippten, und dann stopften sie sich hemmungslos mit der Toblerone voll, die Janne im Flugzeug gekauft hatte.

Jenny rief an und erzählte atemlos von ihrem Zorro. Er wohnte in einer anderen Stadt, hatte aber beruflich hier zu tun, und sie hatten sich für den nächsten Abend in einem Restaurant verabredet – falls ich auf Kalle und Gabi aufpassen könnte.

Ich unterdrückte einen Seufzer und versprach, daß sie in der folgenden Nacht bei uns übernachten dürften. Und dann rutschte es aus mir heraus, daß ich gerade Besuch von Janne hätte. Jenny war Feuer und Flamme und schmiedete gleich Pläne für ein gemeinsames Weihnachten. Der Eismann und Zorro und vier Kinder ... Ich schauderte leise und murmelte, daß sie ihn noch nicht mal in real life getroffen habe, und außerdem sei erst September. Jenny ist eine unverbesserliche Optimistin, die sich nach jedem Schlag wieder berappelt wie ein Stehaufmännchen. In bestimmten Situationen ist das unbezahlbar, aber sie ist ja im Lauf der Jahre auf einige Minen getreten.

Und Janne blieb über Nacht, als sei das die natürlichste Sache der Welt. Es war nicht ganz so hitzig wie jenes Mal auf dem Balkon, aber wir hatten statt dessen viel Zeit, interessante Ecken und Winkel aneinander zu entdecken. Alles wäre schön gewesen, wenn wir nicht nach ein paar Stunden eingeschlafen wären. Ich hätte es besser wissen müssen!

Mitten in der Nacht kam Bella hereingeschlichen. Sie mußte schon eine ganze Weile den Mann an meiner Seite betrachtet haben, der mit einem Kissen über dem Kopf schlafend auf dem Bauch lag. Ich erwachte davon, daß sie jauchzend vor Freude auf seinen Rücken hüpfte. »Papaaa!« brüllte sie. »Pappa, du bist daaa!«

Janne drehte sich schlaftrunken um. Einen kurzen Moment starrten sie einander an, dann begann Bella zu schreien. Billy kam verschlafen hereingetaumelt, und als er Bella hörte, begann er ebenfalls zu weinen. Ich erhob mich nackt aus dem Bett, das Nachthemd hatte ich gar nicht erst angezogen. Dann führte ich sie in ihr Zimmer und las ihnen mindestens vierzehn Mal »Vierzehn Mäuse ziehen um« vor, während ihre Schluchzer immer leiser wurden. Ungefähr beim siebten Durchlauf hörte ich, wie Janne nach einem Taxi rief, dann wedelte seine Hand diskret durch den Türspalt. Diesmal kommt er ganz bestimmt nicht mehr zurück.

Papa hinter einer Glasscheibe

Sie las und las und las. Vielleicht kann der Eismann zaubern, das *war* nämlich doch Papa, der da lag, und plötzlich war es der Eismann! Und Billy kapiert gar nix, er hat gefragt, ob er zwischen ihnen schlafen darf. Dann in der Nacht hab ich geträumt, daß Papa und ich beide in der Kita waren, ich saß im Spielzimmer und er im Bastelraum, und er hat was gesagt, aber ich hab es nicht gehört durch die Glasscheibe. Siehst du gar nicht, daß das ein Bär ist? hat Tina gesagt, und da hab ich gesehen, daß er ganz zottelig war, und ich hab ganz doll Angst gekriegt und bin rausgelaufen und hab mir ein Dreirad genommen und hab einfach nur in die Pedale getreten. Und dann war Papa auf der Straße, er ist genau vorder mir gegangen, und ich bin ganz schnell gefahren, aber da waren so große Pfützen überall auf der Straße, und dann weiß ich nichts mehr.

Aber am nächsten Morgen war der Eismann nicht mehr da, und ich wollte nicht zur Kita, weil ich mich an den Traum erinnerte, und Mama hat geweint und gesagt, wenn wir nicht bald in die Kita gehen, macht ein böser Mann in ihrer Schule, daß sie kein Geld mehr verdient, und dann haben wir nichts mehr zu essen. Und da hat Billy angefangen zu weinen und hat gesagt, daß er was zu essen will! Und dann sind wir losgegangen.

Wie zwei Pelztiere

In allen Seminaren für Führungskräfte, in die mich unser amerikanischer Geschäftsführer geschickt hat, gibt es eine Einheit, die davon handelt, wie man Entscheidungen trifft. Der letzte Seminarleiter, den wir hatten, war ein cooler Typ mit Rollkragenpullover, Pferdeschwanz und Ziegenbärtchen. Er ritt lange auf etwas herum, was er »Helping your Staff toward a Decision« nannte. Da er durchgängig südschwedisch gefärbtes Englisch sprach, klang es eher wie »helping jaur stauf todds ä disischon«.

Jedenfalls ging es darum, daß der Chef selbst beurteilen solle, wann der Augenblick gekommen sei, um bei einem Projekt die grundsätzliche Entscheidung zu treffen: weitermachen – oder aufgeben? Der Chef trifft die Entscheidung selbst, und dann ist er eine Weile damit beschäftigt, seine Handlanger glauben zu machen, daß es ihr Beschluß sei, damit sich hinterher niemand beschweren kann.

Die ganze Zeit mußte ich an dieses grottenschlechte Seminar denken, was mich wahnsinnig machte, denn ich begriff nicht, weshalb. Plötzlich beim Mittagessen fiel es mir ein: Es war an der Zeit, beim Projekt Tarzan eine Entscheidung zu treffen! Weitermachen – oder aufgeben! Und es war meine Entscheidung, ich mußte nicht einmal ein Team von Handlangern manipulieren. Tarzan selbst könnte wohl ein Wort mitreden, aber sie würde sich nicht manipulieren lassen. Ich mußte mich erst selbst entscheiden, und dann konnte ich nur darauf hoffen, daß sie zum gleichen Resultat gelangte wie ich.

Alles sprach natürlich dafür, das Ganze aufzugeben. Die Erinnerung an Bellas Gebrüll und Billys dauernden grünen Rotzfaden. Was konnte schon aus der Sache werden, ich war schließlich kein Sozialarbeiter. Und dann die ewige Rücksichtnahme auf ihren Stolz. Was sie haben wollte, konnte sie sich nicht leisten, doch dann sollte es ihr auch sonst niemand kaufen. Ganz ungeniert hatte sie gemeint, daß sie einen Toy boy fürs Bett brauche, und sogar gesagt, daß ich ein Grünschnabel mit einem coolen Auto sei, der sich doch statt dessen einen Strauß Blondinen pflücken könne. Und außerdem war sie vierunddreißig und haarig bis auf die Oberschenkel und ...

Hier verlor ich die Konzentration. Wir hatten so getan, als seien wir zwei Pelztiere, die aneinander schnupperten, sie an meiner Brust und ich an ihrem krausen Muff. Und dann konnte ich an nichts anderes mehr denken.

Ein paar Tische weiter sah ich plötzlich zwei Beine in einer glänzenden Strumpfhose, die sich berechnend langsam kreuzten und übereinander glitten. Und als ich ihnen bis zu ihrer Besitzerin folgte, entdeckte ich, daß sie Charlotte gehörten.

Wir hatten uns schon eine Weile nicht gesehen. Ich hatte mich seit jenem Abend davor gedrückt, mich bei ihr zu melden. Plötzlich fiel mir ein, was für eine professionelle Entscheidungsfinderin sie war. Sie war die Frau, die einem »todds ä disischon« helfen konnte. Ich nahm meine Kaffeetasse mit und setzte mich zu ihr. Sie saß allein am Tisch.

Nach etwas Smalltalk fragte sie plötzlich: »Und was willst du eigentlich, Janne?« und sah mich aufmerksam an. Stockend begann ich die Geschichte zwischen Tarzan und mir zu erzählen und ersparte ihr keine Details. Der Kaffee in der Tasse erkaltete. Der Kellner umkreiste uns, und Charlotte schob ihm zerstreut ihre Diner's-Club-Karte zu.

»Methinks you protest too much!« sagte sie dann. »Du malst euer Verhältnis in den schwärzesten Farben, dabei könntest du alle Frauen der Welt haben, wenn du wolltest. Das heißt, du findest irgend etwas an ihr, was du woanders noch nicht gefunden hast. Vielleicht bist du gar kein so glanzvoller Eismann, Jan, obwohl du ein glanzvolles Leben führst? Schlag zu und freu dich, wenn sie dich will!«

Der Kellner kam mit der Karte zurück, und sie kritzelte eine

Unterschrift hin, während sie ihn zurechtwies, weil ihre Jakobsmuscheln zu salzig gewesen seien. Als sie aufstand, sah ich, daß sie den Mund vor Schmerzen verzog und die Hand gegen den Bauch preßte.

»Was ist los, Charlotte, bist du krank?«

»Ich hatte gestern eine Fehlgeburt«, sagte sie knapp.

»Aber ... aber ... warum hast du nichts gesagt?« setzte ich an und schnappte nach Luft wie ein Goldfisch.

»Hast du dich etwa nach mir erkundigt?« sagte sie ein wenig scharf. »Aber es war nicht von dir, keine Angst.« Ihre Gesichtszüge wurden weicher, und sie tätschelte mir die Wange. »Viel Glück, Jan. Jetzt muß ich los.« Und weg war sie.

Aber sie hatte mir »todds ä disischon« geholfen.

Surprise, kids!

Okay, man sieht schlimmer aus als je zuvor, kurz bevor man seine Tage hat. Die Haare hängen wie verwelktes Kraut vom Kopf, der Teint ist bleich und von kaltem Schweiß überzogen, am Nasenflügel marschiert eine kleine Truppe von schmerzenden Pickeln auf, und die Brüste sind so empfindlich, daß man aufjault, wenn man den BH schließt. Aber der Zustand hat auch Vorteile!

Meine PMS-Spannungen machen mich einmal monatlich zum brüllenden Tiger. Das ist herrlich! Ich gehe ins Klassenzimmer und spüre, wie rot die Pupillen und wie scharf die Eckzähne sind. Ich schwinge die Peitsche durch die Luft und sehe mich erwartungsvoll um, bis ich etwas finde, worauf ich mich stürzen könnte. Und irgendwas gibt es immer in einer Klasse von Schülern, die sich von den Kunststunden in erster Linie etwas wohlverdiente Abwechslung erhoffen. Jemand wirft mir einen zerstreuten Blick zu, der Lärmpegel sinkt um ein paar Dezibel, kaum spürbar. Die Kunstlehrerin ist da, aha, so fucking what? Diese Schüler würden nicht mal zusammenzucken, wenn eine Armee mit Kalaschnikows und Tarnhelmen hineinstürmen würde. Aber ich verziehe die Mundwinkel zu einem Lächeln. Surprise, kids!

Mit einem kleinen Klicken fahre ich meine Krallen aus, verwandele mich in eine Kombination aus Terminator und Robocop, und dann mache ich mich an die Arbeit. Nein, Junge, jetzt hörst du auf, Geschlechtsteile auf das teure Aquarellpapier zu zeichnen und es dann stapelweise neben den Papierkorb zu werfen! Und weg mit den Kopfhörern, meine Kleine, bevor ich sie dir runterreiße, daß die Ohren gleich mit ab sind! Her mit dem Kartenspiel, verstanden? Wird mir ein Vergnügen sein, es vor euren Augen in Konfetti zu verwandeln! Damit können wir uns bewerfen und feiern, daß ihr heute endlich perspektivisches Zeichnen mit zwei Fixpunkten lernen werdet! Und wer das nicht hinkriegt, dem rupfe ich die Arme aus wie die Keimlinge aus einer Kartoffel!

Mehrere Jahre Lehrerfahrung haben mir beigebracht, exakt innerhalb des Rahmens zu bleiben, den Gesetz und Elternbeirat vorgeben. Keine Übergriffe, aber auch kein langes Gefackel. Beiläufig werfe ich den armen Mimosen ein beschützendes Lächeln zu, die immer alles auf sich beziehen und glauben, daß sie gemeint seien, obwohl man jemand anders im Visier hat – duckt euch einfach, dann kommt niemand zu Schaden, meine Kleinen!

Die Augen vor Erstaunen und Entsetzen geweitet, raffen sich die Schüler in ihren Bänken in eine halbsitzende Position auf. Sie greifen nach ihren Stiften und Linealen und legen los, während ich mit brennenden, irren Blicken und einem dumpfen Knurren tief in der Kehle an den Tischreihen entlanggehe. Unglaublich, was sie können, wenn sie nur wollen!

Mein Unterricht steht und fällt mit diesen PMS-Phasen. Kaum bin ich wieder ich selbst, bin ich so verständnisvoll, daß ich vor ihnen quasi rückwärts in die Brücke gehe, und das wissen sie wahrhaft auszunutzen! Meine Güte, schließlich sind es Teenager, und es ist ihr Job, sich gegen alle Arten von Autorität aufzulehnen! Einige von ihnen schaukeln wie Korken auf einem gewaltigen Meer von widersprüchlichen, unbegreiflichen Gefühlen. Manchen hätte man gleich »Eigentum des Strafvollzugs« auf den Hintern tätowieren können, denn dort werden sie landen. Andere sind einfach nur langsam im Denken und kapieren nicht, warum sich ein Lehrer nicht klonen und zweiunddreißig Schülern auf einmal helfen kann. Gewisse von ihnen sind komplett unsichtbar, sie würden vermutlich nicht einmal einen Ausschlag auf dem Radar geben. Und ein paar wenige möchte man sich in die Tasche stecken und mit nach Hause nehmen und einfach haben.

Alle wecken Muttergefühle, das heißt eine frustrierende Mischung aus Zärtlichkeit und reinem, maßlosen Zorn. Doch wenn ich den zärtlichen Gefühlen zu oft nachgäbe, würden einige von ihnen mich mit dem Bulldozer umfahren. Deshalb tut es verdammt gut, ihnen einmal pro Monat so richtig Angst einzujagen. Ich habe festgestellt, daß ihr Gedächtnis ziemlich genau vier Wochen reicht. Danach beginnt der Lärmpegel im Klassenzimmer wieder zu steigen, Füße werden auf die Tische gelegt und Kartenspiele hervorgezogen. Und dann! *Hey kids, I'm back! Here's Johnny!*

Es geht mir nicht darum, sie zu bedrohen oder zu erschrekken. Es gibt kaum etwas so Peinliches wie einen Lehrer, der ganz vorne steht und laut schreiend mit dem Sitzenbleiben droht. Es geht darum, sich in einen Zustand von heiliger Raserei zu versetzen, der überzeugt. Der ansteckt. Der sich direkt in ihr Reptilienhirn schiebt und bei ihnen den Überlebensreflex auslöst. Hey, reißt euch zusammen! Sie ist wieder kampfbereit!

Dann kann man wieder einen ganzen Monat lang nett sein, und der Unterricht läuft bestens.

Nach der Stunde gehe ich ins Lehrerzimmer und räume auch gleich in diesem Sumpf ein bißchen auf.

Wie eine alte Freundin

Nun gut, Janne traf also seine große Entscheidung. Achtung, fertig, los! Gleich würde ich die Augen zukneifen und springen!

Ich weiß noch, daß ich mich beinahe wie ein erwachsener Mensch fühlte. Doch das trieb Mariana mir bald aus.

Abends tauchte ich mit drei Rosen bei ihr auf – einem meterlangen Exemplar für Mariana, einer gelben Pinocchiorose für Bella und einem kleinen Topf mit einer Minirose für Billy. Ich glaube, Billy hat sich am meisten gefreut, er setzte sie gleich mitten in seine Autorennbahn neben eine Plastikpalme, um die Landschaft zu gestalten. Bella versuchte sich ihre ins Haar zu stecken, piekste sich an den Dornen und schmollte. Mariana sagte nur »Oh, solche Vasen gibt es nicht in diesem Haushalt« und hackte den dicken Stengel der dunkelroten Rose in der Mitte ab. Dann stellte sie die verstümmelte Blume in eine Plastikkanne, aus der die Blüte von der Größe eines Tennisballs schwermütig heraushing. Unwillkürlich mußte ich an Charlottes hohe dänische Designervase aus weißem Glas denken.

Nun, es waren ja nicht gerade Marianas grüne Finger – oder besser gesagt ihre fehlenden grünen Finger –, die mich interessierten. Ich fragte, ob ich ihr beim Kochen helfen solle. Ob wir essen gehen könnten, traute ich mich gar nicht erst zu fragen.

»Klar«, sagte sie. »Heute abend gibt es Kalbsfilet Oscar, du könntest dich schon mal um die Hummerscheren und die Choronsauce kümmern. Und vielleicht wärest du auch so reizend, einen kleinen Savarin zu zaubern?«

Ich sah wahrscheinlich verwirrt aus, denn sie rief ungeduldig: »Du Dummkopf, es gibt Fleischwurst und Fünf-Minuten-Makkaroni! Was hast du denn gedacht? Aber du darfst einen Schokoladenpudding zusammenrühren. Auf der Packung steht, wie es geht.«

Derart zusammengestaucht begann ich, eine große Schüssel Instant-Schokoladenpudding zu machen. Ich verkniff mir die Bemerkung, daß ich eine sehr ordentliche Mousse au chocolat herstellen kann, mit Streifen aus dunkler und weißer Schokolade, abgeschmeckt mit Grand Marnier. Ich konnte mir ihr Gesicht bei der Frage vorstellen, wo sie die Grand-Marnier-Flasche aufbewahrt.

Sie mag es nicht, wenn ich mit ihr einkaufen gehe, das haben wir ausprobiert, und es war Streß pur. Wenn ich ab und zu mal einkaufen gehe, rolle ich durch den Feinkostladen, als sei es die Rallye Monte Carlo. Spargelspitzen, französischer Knoblauchkäse und Coeur de Filet purzeln nur so in den Einkaufswagen, und am Ende wedelt man mit der Karte und bestellt den Bringservice.

Mariana drückt sich herum wie ein Schoßhund mit Harndrang und muß an jedem einzelnen Regal stehenbleiben, jedes einzelne Glas umdrehen und am besten ein paar Marken vergleichen. Dabei enthält ihr Wagen am Schluß nur ganz wenige Waren. Als ich mal zwanzig Minuten an der Kasse auf sie gewartet hatte, fragte ich verärgert: »Mußt du wirklich jedes Glas durchlesen? Meinst du, die eingelegten Gurken kommen aus irgendeiner Diktatur, die du boykottieren willst?«

»Ich vergleiche die Preise«, sagte sie kurz angebunden.

Ich schämte mich. »Aber ich kann auch gern …«, setzte ich an. Dabei hätte ich es besser wissen müssen. Ihre Blicke ähnelten den Laserpistolen bei Star Trek, die das Opfer mitten in der Bewegung erstarren lassen. Sorry, dann eben nicht! Ich ging enttäuscht an den Lottostand und verspielte einen Hunderter beim Fußballtoto.

An diesem Abend stimmte irgendwas nicht. Was ich auch sagte, sie schnappte nach mir wie ein wütender kleiner Terrier. Als ich sie fragte, wo ich die Butter hinstellen solle, und sie zurückfauchte: »Versuch's doch mal mit dem Klo!«, sagte ich schließlich: »Willst du, daß ich gehe, Mariana? Du bist die ganze Zeit sauer auf mich, und ich kapiere nicht, warum.«

Da glätteten sich ihre gestrengen, buschigen Augenbrauen, und sie tätschelte mir die Wange.

»Ich bin gar nicht auf dich im Speziellen sauer«, sagte sie. »Hast du nie mit einer Frau zusammengelebt, die PMS hat?«

Ich errötete etwas. Die einzige Frau, mit der ich je für längere Zeit zusammengelebt habe, ist Ulla Britt Widing, meine Mutter. Und sie hat niemals irgendein PMS erwähnt.

Beim Essen dachten wir uns verschiedene Sicherheitsmaßnahmen für betroffene Familien aus.

»Ein tragbarer PMS-Schutzraum, der sich blitzschnell im Keller aufbauen läßt?« schlug ich vor. »Mit Bier, Krimis und Schnupftabak für drei Tage?«

»Ein Alarm, der in immer kürzeren Abständen losgeht, wenn es sich nähert«, sagte sie. »Und der dann ›Jetzt scheint die liebe Sonne wieder‹ spielt, wenn die Gefahr vorüber ist!«

Billy und Bella verstanden vermutlich nicht viel von alledem. Wir erklärten ihnen, daß wir uns darüber unterhielten, wie man sich gegen wütende Mamas schützen könne. Sie schrieen vor Lachen und hatten entsprechende Ideen.

»So 'ne Strickleiter durchs Fenster raus«, sagte Bella. »Und ein Zelt, in dem man draußen schläft. Hihihi!«

»So ... irgendwie so 'n Topf aus Eisen, unter den kann man kriechen, und dann steht sie da und haut drauf!« brüllte Billy.

»Einen ordentlichen Knebel mit Hängeschloß, für mich selbst«, seufzte Mariana. »Ich hab keine Ahnung, ob ich meinen Job überhaupt noch habe. Ich habe dem Studiendirektor gesagt, was ich eigentlich von ihm halte. Er ist vor meinen Augen schrumpelig wie eine Rosine geworden.«

Abends stand ich im Flur herum und fragte sie, ob ich nach Hause gehen solle. Es war spät, wir hatten zur Fleischwurst ein paar Bier getrunken (die ich mitgebracht hatte), und es regnete.

»Ach«, sagte sie. »Wenn du Jenny wärst, würde ich niemals auch nur daran denken, dich in den Regen hinauszuschicken. Du kannst hier übernachten.«

Ein bißchen irritiert war ich natürlich, als gute alte Freundin gesehen zu werden, wo ich doch gerade meine große Entscheidung getroffen hatte … Aber ich legte mich brav ins Doppelbett – so weit außen, daß ich mich beinahe mit dem Arm auf dem Boden abstützen mußte. Sie hantierte im Badezimmer herum und kam schließlich in einem gräßlichen langen Flanellnachthemd mit lila Volants herein.

»Dieses Nachthemd ist auch eine PMS-Erfindung«, kicherte sie. »Ich nenne es ›Engel des Todes‹.«

Irgendwie gab es keine passende Situation, um ihr einen Antrag oder so zu machen. Oder irgendwas irgendwie Definitives zu sagen.

Echt wie bei Stagnelius!

Jetzt ist dieser unverschämte Janne-Virus schon wieder mutiert. Er hängt hier herum und verbreitet Gemütlichkeit, und man läßt sich in ein falsches Gefühl von Zusammengehörigkeit einlullen. Aber wir *sind* keine Familie, Janne und ich und die Kinder, das sind wir einfach nicht. Er ist ein guter Freund für eine Familie, in der ein abwesender, stark geliebter Vater ein großes Loch hinterlassen hat. Ich frage mich, ob er das eigentlich begreift?

Jedenfalls mußte Janne als Double Date einspringen, als Jenny uns den sagenumwobenen Zorro vorstellen wollte. Es war uns gelungen, zwei tüchtige Mädchen von meiner Schule zu organisieren, die zu Hause bei mir auf all unsere Kinder aufpaßten, während wir tanzen gingen. Übrigens dasselbe Tanzlokal im Strandhotel, bei dem Janne und ich uns seinerzeit sozusagen begegnet waren. Die Mädchen hatten Jannes Handynummer, für eventuelle Katastrophen.

Die Band des Abends wirkte einigermaßen seriös, mit weißen Sakkos und dunklen Hemden, ein bißchen in Richtung Big Band. Janne hatte einen Tisch in geeignetem Abstand zur Bühne reserviert: Wir hörten die Musik, konnten uns aber trotzdem unterhalten.

Zorro ließ auf sich warten. Ich hatte Jenny noch nie so nervös gesehen – oder besser gesagt so süß. Sie hatte ihren Bruder angepumpt, um sich einen sauteuren Haarschnitt mit silberfarbenen Strähnchen und ein neues Kleid von H & M leisten zu können, das mit seinem dünnen Stoff so aussah, als würde es nicht viele Wäschen überleben. Vielleicht betrachtete ihr Bruder es als sinnvolle Investition, als ein Lockmittel, um einen Versorger zu umgarnen, damit er selbst ihr kein Geld mehr zu borgen brauchte.

»Er heißt Stellan Olof Rosengren«, plapperte sie. »S.O.Ro.... Zorro – versteht ihr? So haben sie ihn bei der Armee genannt. Er wartet Registrierkassen und ist für die ganze Region zuständig. Aber wir sollten ihn wohl besser Stellan nennen.«

Ich entdeckte einen Mann am Eingang, der durch das Lokal spähte. Er war groß und breitschultrig, mit kräftigem rotbraunem Haar und großer Nase. Nicht gerade eine Schönheit, aber knorrig, gemütlich und nett aussehend, ein bißchen wie Abraham Lincoln. Sehr maskulin. Ich knuffte Jenny in die Seite.

Ihr Gesicht erstrahlte von innen wie eine chinesische Laterne, und sie begann zu winken. Zorro Abraham entdeckte sie und ging quer durch den Raum, geschmeidig und entspannt wie ein Waldtier, so empfand ich es zumindest. Jenny hatte erzählt, daß er jagte und Orientierungslauf betrieb.

Er begrüßte uns und nahm meine Hand in seine große, warme. Seine braunen Augen mit den Lachfältchen leuchteten uns freundlich und begeistert entgegen. Janne klopfte er leicht auf den Rücken, um dann neben Jenny Platz zu nehmen und sie sacht aufs Ohr zu küssen. Sie tuschelten miteinander, woraufhin Jenny kichernd errötete.

Es versprach ein richtig netter Abend zu werden. Zorro erzählte ein paar lustige Geschichten von schwierigen Kunden, die er besucht hatte, ansonsten redete er nicht viel über sich. Er fragte Janne und mich, was wir beruflich machten, und schien aufrichtig interessiert. Wenn er einen mit seinem warmen Blick ansah und einem zuhörte, wirklich zuhörte, während man antwortete, ertappte ich mich dabei, wie ich selbst begeistert drauflos plapperte, als sei ich das Objekt seiner Bemühungen.

Doch Zorro vergaß darüber keineswegs Jenny: Die ganze Zeit hielt er flüchtigen Körperkontakt zu ihr, hatte die Hand an ihrem Ellenbogen oder den Arm an ihrer Rückenlehne, und wenn sie etwas Witziges sagte, lachte er, als sei sie die unterhaltsamste Frau der Welt. Und er wetteiferte mit Janne darum, unsere Drinks zu zahlen. Wahrlich kein Geizkragen.

Vielleicht hat Jenny endlich das Glück, das sie verdient,

dachte ich und erinnerte mich an Kenny. Wenn ich ihn bisweilen auf irgendwelchen Partys getroffen hatte, war es eine seiner Lieblingsbeschäftigungen gewesen, Jenny lächerlich zu machen. Je besoffener er war, desto schlimmer. »Tante« nannte er sie. Oder »Schrank«. »Klappe zu, du Schrank! Es zieht, hähähä!«

Janne war außergewöhnlich still. Ich fragte mich, warum.

Plötzlich blieb ein Mann an unserem Tisch stehen. Ein blonder Typ mit Meckischnitt, der zwar schon etwas schwankte, aber immer noch die Konsonanten im Griff hatte.

»Mensch, ist das nicht Zorro?« brüllte er. »Zorro, altes Haus! Ist ja schon 'ne Weile her! Mensch, ist das ein Ding! Was machst du denn hier in der Stadt?«

Stellan wirkte etwas unangenehm berührt. »Die Arbeit«, murmelte er. »Das ist Lundgren, ein Kumpel von der Armee«, stellte er ihn vor. »Wir waren letzten Sommer zusammen auf Reserveübung.«

»Ja, und hatten jede Menge Spaß!« kicherte Lundgren und sah uns an. Janne hatte den Arm um meine Rückenlehne gelegt, daher fixierte er Jenny und schleuderte ihr eine Hand entgegen, die so groß war wie ein Klodeckel.

»Aha, und du bist also Zorros kleine Frau, wenn ich das recht verstehe? Veronica, oder? Weißt du, Zorro hat schon einiges von dir erzählt. Aber auf ihn solltest du ein bißchen besser achtgeben. Wir hatten wirklich viel Spaß im Sommer, vor allem er! Und wie geht es den ... Zwillingen? Zwei Jungs, oder?«

Jennys Lächeln erstarb, und sie wurde immer verbissener und blasser. Zorro räusperte sich und sagte, seine Frau sei gar nicht dabei, das hier seien bloß ein paar gute Freunde. Seiner Stimme war zu entnehmen, daß er das Spiel bereits verloren gegeben hatte.

Als Lundgren sich davongedrängelt hatte und sein »Sorry! Hahaha!« im Lärm untergegangen war, warf Jenny Zorro einen langen Blick zu, während er eingehend seine Fingernägel betrachtete.

»Zwillinge?« fragte sie. Zorro nickte. Janne sah finster aus.

Jenny erhob sich, nahm ihre kleine Handtasche und ging geradewegs aus dem Lokal. Ich folgte ihr durchs Gedränge.

Draußen auf der Straße stand Jenny ohne Mantel und rauchte. Sie starrte den vorbeifahrenden Autos hinterher, ohne sie zu sehen. Ich legte den Arm um sie, und sie lehnte die Stirn an meine Wange.

»Das ist der reinste Stagnelius«, sagte sie. »Echt wie bei Stagnelius. Scheiße!«

Jenny hatte am Gymnasium eine Facharbeit über den Dichter Stagnelius geschrieben. Seitdem greift sie auf Zitate von ihm zurück, wenn sie richtig deprimiert ist. Mittlerweile ziehe auch ich ihn heran, wenn sich das Leben schwer anfühlt.

»*Grausam mich drücken der Wirklichkeit harte Bande,*
eine Nachlese nur der Dornen mir bleibet zurück
auf dem Felde der Ehre, und wie ein Kartenhaus stürzet
all' erhoffte irdische Freude, der Traum vom Glück«,

murmelte sie, schneuzte sich in eine Serviette und trat die Kippe aus.

Die Tür zum Lokal öffnete sich, und eine wohlbekannte Gestalt trat heraus. Es war Jonte, ein Mittelding aus Hausmeister und Hofwichtel an unserer Schule. Schon im Lokal hatte ich ihn von ferne gesehen. Er tanzt nicht, denn seit einem Motorradunfall hat er ein steifes Bein, aber er geht trotzdem aus und sitzt meistens an der Bar, mit ausgestrecktem Bein. Jetzt sah er ziemlich düster aus und grüßte mich flüchtig. Seine Glatze glänzte im Schein des Neonschildes. Mühsam humpelte er in Richtung Parkplatz. Lauter fröhliche Nachtschwärmer heute abend!

»Zorro ist jetzt sicher gegangen«, sagte ich.

»Nie wieder setze ich meinen Fuß in dieses Lokal«, sagte Jenny mit zusammengebissenen Zähnen. »Nicht mal, um meinen Mantel zu holen! Ich warte hier draußen auf euch.« Sie fröstelte.

Plötzlich hatte ich eine Idee. Jonte wohnt in meiner Gegend.

»Jonte!« rief ich ihm nach. »Jonte, kannst du so lieb sein und meine Freundin in meine Wohnung bringen?« Ich fragte Jenny nicht mal. Sie war ganz offensichtlich nicht imstande, einen Beschluß zu fassen. Und einem Mann mit steifem Bein würde sie notfalls davonlaufen können, wenn sie genug von ihm haben sollte.

Jonte nickte, ohne nachzufragen, so ist er. Dann holte er eine Autodecke aus seinem kleinen häßlichen Auto, legte sie um Jennys nackte Schultern und machte ihr in dem ganzen Gerümpel auf dem Beifahrersitz Platz. Ich gab ihr meinen Wohnungsschlüssel, und sie fuhren davon.

Janne saß allein am Tisch. Plötzlich fühlten wir uns so, als seien wir verbotenerweise unterwegs, ohne Wissen unserer Eltern. Wir bestellten einen gigantischen Nachtisch mit weißer Schokolade und Erdbeeren und stürzten uns dann in einen Tango. Keiner von uns kann Tango tanzen, glaube ich, aber von so einer Nebensächlichkeit ließen wir uns nicht abhalten.

Zorro dagegen bekamen wir nicht mehr zu Gesicht.

How sweet and strange

Mariana und Jenny wollen immer möglichst weltgewandt und zynisch wirken. Sie äußern sich gern darüber, wie Kerle so sind, oder sie lachen verächtlich und verdrehen die Augen, wenn so ein Casanova angetanzt kommt, mit etwas zuviel nach Kokos duftender Sonnenbräune, etwas zu langem Haar und offenem Hemd. Als der Bassist der Band sein blitzendes Lächeln und sein Augenzwinkern in verschiedene Richtungen abfeuerte, kicherten sie darüber, wie viele der tanzenden Damen wohl diese Blicke erwiderten und sich näher an die Bühne herandrängelten.

Aber auf einen wie Zorro fallen sie rein, da schlucken sie den Köder mitsamt Haken und Angelschnur. Sie haben nicht mal gehört, wie er herumgeprahlt hat, gut getarnt hinter seinem Geschwätz, das auf den ersten Blick so zurückhaltend klang. Sie haben nicht gesehen, wie er mich von Mariana weggedrängt hat, indem er mich einfach mit der Schulter aus ihrem Blickfeld schob.

Er sagte einiges, was mich vor ihnen wie einen langweiligen Grünschnabel dastehen ließ, nannte mich »Junge« und gab mir kleine, diskrete Zurechtweisungen. »Nein, Junge, diese Runde übernehme ich.« »Wollen wir diesen Tanz zusammen tanzen, Mariana, ich kann grünen Augen einfach nicht widerstehen, ganz im Gegensatz zu Janne ...« »Jenny, love of my life, du erlaubst es doch? Du kannst Janne ja eine Weile von seinen Computern erzählen lassen, halt dich wach, wir kommen bald wieder ...«

Er wollte sie alle beide, er hat sie die ganze Zeit angefaßt, hat sie mit dem Blick aufgesogen und war so nett, daß es einem richtig sauer aufstieß. Ich saß da und kämpfte mit dem Impuls, ihm die Faust mitten in sein Gewinnerlächeln zu rammen, daß ihm die Zähne nur so aus der Fresse rasseln würden.

Und dann kam dieser blonde Idiot und stellte ihn bloß, daß es nur so zischte. Adios, Zorro, jetzt kannst du auf Tornado durch die Nacht davongaloppieren, dein Pferd ist vermutlich der einzige, der dich in dieser Situation noch ertragen kann!

Und plötzlich war es unser Abend, Marianas und meiner. Als wir etwas auf die Tanzfläche gelegt hatten, was einem Tango geähnelt haben muß, tanzten wir einen Schieber, und zwar so eng, daß uns nur noch ein bißchen Kleidung trennte – und ein gewisses Gefühl für Anstand. Ihre Nase lag in meinem Halsgrübchen, meine Arme schlangen sich um sie, die Innenseite unserer rechten Knie lagen aneinander, und zusammen bildeten wir ein Puzzle, dessen Stücke zusammenpaßten. Die Band spielte »A Nightingale Sang in Berkeley Square« mit einem tiefen, flüsternd heiseren Lead-Saxophon: »How strange it was, how sweet and strange, there was never a dream to compare …« Und ich dachte daran, wie strange unsere erste Begegnung gewesen war: eine Frau von oben!

Dieser Zustand von Glückseligkeit dauerte etwa eine Stunde. Dann machte ich alles kaputt. Ich dachte an die Große Entscheidung, die ich getroffen hatte. Und dann sagte ich ihr, was ich für sie empfand.

Sie erstarrte in meinen Armen.

»Janne, du weißt doch …«, sagte sie unglücklich. »Wenn Micke zurückkommt …«

Wenn. Sie sagte nicht »falls«. Sie sagte »wenn«.

»Wenn Micke zurückkommt … Ich habe doch nicht etwa … Habe ich dir gegenüber den Eindruck erweckt, als …«

Sie kaute auf einer Strähne ihres schlecht geschnittenen Haars herum. Ich glaube, sie schneidet es sich selbst, mit der Nagelschere und (nicht immer) einem Spiegel in der Hand.

»Natürlich«, sagte ich leichthin. »Wenn Micke zurückkommt, steht ihr alle aufgereiht im Flur und werft euch an seinen Hals, und dann beginnt ihr euch nach einem geeigneten Reihenhaus umzusehen, wo ihr glücklich bis an das Ende eurer Tage lebt. Und ab und zu kommt der gute Janne mit einem seiner Freßkörbe vorbei, und alle lachen liebevoll über diesen kleinen Dummkopf. Und dann ladet ihr ihn auf einen Kaffee in eure neue Küche ein, mit der Ikea-Einrichtung des Jahres.«

Sie sah mich eine Weile lang verbissen an. Wir hatten aufgehört zu tanzen und waren zum Tisch zurückgekehrt. Um uns herum lärmten die übrigen Gäste, die immer besoffener wurden. Mariana ließ sich schwer auf ihren Stuhl fallen und spielte am Verschluß ihrer Handtasche herum.

»Jetzt werde ich dir nicht die Antwort geben, die dieser Kommentar verdient hätte«, sagte sie, ohne mich anzusehen. »Du weißt ja gar nicht, wie gemein das eben war. Denn Micke und ich werden in absehbarer Zeit nicht in irgendein Reihenhaus ziehen können. Es hängt davon ab, welche Fortschritte die medizinische Forschung macht. Micke hat sie nicht mehr alle, weißt du. Und damit meine ich genau, was ich sage. Ich werde nicht ins Detail gehen. Aber sollte er jemals Geld verdienen, dann wird ihm irgendeine irrsinnige Idee kommen, wie er es wieder ausgeben könnte. Die besten Chancen, ein Reihenhaus von innen zu sehen, hätte ich vermutlich, wenn ich bei anderen Leuten putzen gehen würde.« Sie lächelte etwas schief. »Wie sieht es eigentlich bei dir aus, Janne, könntest du eine Putzfrau für ein paar Stunden pro Woche gebrauchen?«

Ich weiß nicht, warum sie das bringen mußte. Ich habe sie nie im Leben wie eine Dienstmagd behandelt, wirklich nicht, verdammt. Mit Zorro hat sie natürlich gleich herumgeflirtet, aber ich bin für sie offenbar nichts als ein verzogenes Balg. Noch immer.

»Ich bring dich nach Hause«, sagte ich. Und das tat ich.

Dann fuhr ich zurück ins Tanzlokal. Nach vier Whisky auf Ex nahm ich eine Frau mit nach Hause, die in einer Reinigungsfirma arbeitet. Nicht, daß das etwas geholfen hätte ...

Wach endlich auf, Mama!

Wieso bist du so sauer, Mama? Was haben wir getan? Ich konnte doch nix dafür, daß Gabi aufs Sofa gemacht hat. Ich hab es nicht gesehen, und sie hat auch nix gesagt, und als es naß war, hab ich gedacht, es ist Cola. Wach auf, Mama! Billy ist hungrig! Du bist doch hungrig, Billy? Ich bin auch hungrig! Wach endlich auf, Mama!

Das Mädchen, das Sigrid heißt, hat den ganzen Abend telefoniert, ich glaube, sie hat mit Papa geredet, aber die andere, die Maja heißt, weißt du, die mit den ganz vielen kleinen Zöpfen, die war nett. Sie hat angefangen, mir auch solche kleinen Zöpfe zu machen, siehst du, Mama? Siehst du, Mama? Jetzt wach endlich auf! Aber wir hatten keine Perlen. Sie hat gesagt, man kann welche kaufen.

Und ich hab zu Papa gesagt, er soll mir Perlen kaufen. Was ist denn? Ich hab doch schon gesagt, daß Papa angerufen hat, das hab ich doch gesagt! Wieso bist du die ganze Zeit so sauer? Er hat angerufen, als ihr weg wart, kurz bevor Tante Jenny zurückgekommen ist. Und Sigrid hat ganz lange am Telefon geredet, aber ich bin nicht sicher, ob es Papa war, sie hat ihn nämlich Achmett oder so genannt, warum hat sie Papa Achmett genannt?

Doch, klar war das Papa, sag ich doch, er hat dann noch mal angerufen, und ich hab mit ihm geredet, und er hat gesagt, meine Kleine, ich komme bald nach Hause, und dann machen wir ein Fest, und ich hab ihn wegen den Perlen gefragt, und er hat gesagt, wie seltsam, ich bin gerade über alle sieben Meere gefahren und habe Perlen gekauft, ich habe einen ganzen Korb voll. Einen Korb, wie der Eismann! hab ich gesagt und dann hab ich …

Aua, warum kneifst du mich? Warum bist du so sauer? Ich

hab doch nur gesagt, das ist ein Onkel, der immer mit Körben mit Essen und so zu uns kommt, und einmal hat er hier geschlafen, und da hab ich ganz doll Angst gekriegt, weil ich gedacht hab, du bist das, hab ich gesagt. Und dann wollte Papa mit dir reden, aber da warst du ja gerade mit dem Eismann weg. Und da ist Tante Jenny gekommen, und Papa wollte mit ihr reden. Aber sie hat nur kurz mit ihm geredet, und dann hat sie Gabi und Kalle mitgenommen und ist nach Hause gegangen, obwohl sie fast geschlafen haben, und sie war auch böse. Aber nicht so böse wie du!

Willst du gar nicht aufstehen, wir sind doch hungrig, hab ich gesagt! Total hungrig! Haben wir noch Kaba?

Alleinstehende Frauen auf der ganzen Welt

*I*ch habe das Gefühl, als hätte ich eines der beliebtesten Klischees aller Märchen und Soaps entweiht. Ein fescher junger Prinz darf einfach keinen Korb von einem schäbigen älteren Bettelmädchen mit zwei Kindern bekommen!

Aber nach diesem Abend im Tanzlokal, als Janne mir zu verstehen gab, daß er sich mir weitaus stärker verbunden fühlte, als wir je gewollt hatten, beschloß ich, Klartext zu reden. Ich hatte begriffen, daß hinter seinem Brustfell ein romantisches Herz pochte – was auch für ihn offenbar eine Überraschung war –, und dies Herz wollte ich wirklich nicht verletzen. Ich habe ihn mittlerweile sehr, sehr gern.

Ich konnte ihn nicht mehr bei uns übernachten lassen, so leer es sich auch manchmal in meinem Doppelbett anfühlte. Es reicht einfach nicht, wenn die Kids in den Morgenstunden zu mir ins Bett kommen und ihre verschwitzten Köpfe an mich drücken, bis ich mich fühle wie in einem Schraubstock! Aber das wären falsche Signale Janne gegenüber, gelinde gesagt. Es herrscht ja das große Mißverständnis, daß wir Frauen uns keinen Liebhaber besorgen würden, nur weil wir einen bräuchten, denn wir sind immer auf eine Beziehung aus. Männer dagegen wollen immer nur das Eine, und zwar nur für eine Nacht ...

In Wirklichkeit ist es heute oft umgekehrt, scheint mir. Jede Menge Frauen reißen in den Bars Männer auf, haben aber keine Lust, sie in ihr Leben und an ihren Kühlschrank zu lassen. Die Erfahrung hat sie vermutlich gelehrt, daß viele Männer dazu neigen, gleich die Füße hochzulegen und auf dem Sofa zu warten, bis der Kaffee fertig ist ...

Unter anderem darüber redeten Janne und ich bei unseren langen Telefonaten, meist spätabends, wenn die Kinder eingeschlafen waren. Ich fand, daß ich es mir zumindest gönnen konnte, ab und zu mit einem erwachsenen Menschen zu sprechen, für mich ein ziemlich ungewöhnliches Abendvergnügen. Manchmal fühlte ich mich so einsam, daß ich mich, wenn die Kinder eingeschlafen waren, in die Rückrufschlange bei SAS oder der Schwedischen Bahn einreihte, nur um zu hören, wie ein Telefonklingeln durch meine Wohnung hallte, und mich einen kurzen Moment fragen zu dürfen: »Wer das wohl sein kann? Wie aufregend!«

Janne und ich lachten viel, und wir wurden oft furchtbar wütend aufeinander, aber wenn er das Gespräch darauf zu lenken begann, wann wir uns sehen könnten, sorgte ich immer für einen guten Grund, das Telefonat zu beenden.

Ich erzählte ihm, wie eine kleine weinerliche Stimme in mir geflüstert hatte: »Stell dir vor, wie einfach alles sein könnte, wenn du dich nur in den Lamborghini setzen würdest! Er würde sogar die Kinder mitfahren lassen.«

»Natürlich«, sagte Janne. »Und wenn sie achtzehn sind, bekommen sie ein eigenes Auto. Jeder eins. Denn zu diesem Zeitpunkt ist unser Familienauto sicher schon voll von eigenen Kids.«

»Und du siehst vor deinem inneren Auge, wie ich in dein Haus ziehe, mit deiner Master Card Designerklamotten kaufe und Bella und Billy in Privatschulen stecke? Und dann willst du irgendwann ein paar eigene Kinder, denen du dein Vermögen vermachen oder durch die du dir deine Potenz beweisen kannst?«

»Hmmm ... ich muß schließlich auch irgendwann erwachsen werden, oder? Das klingt ganz praktisch – einfach ein Kind zeugen, bei dem man selbst der Chef ist und das jünger ist als man selbst – und schon ist man erwachsen.«

»Aha, und nach sieben Jahren Zusammenleben, wenn mein Bauch von den vier oder fünf Schwangerschaften aussieht wie eine Zieharmonika, lernst du plötzlich was Junges, Rehäugiges kennen, das dich und deinen Lebensstil anbetet und weiß, was es will. Anfangs merke ich es nicht mal, denn du bist ständig im

Ausland auf Dienstreise, während ich mit den Kleinen daheim sitze. Wenn du ausnahmsweise mal zu Hause bist, fällst du in dein altes Singleverhalten zurück und mußt dringend mit deinen Auftraggeberinnen ausgehen. Spätabends rufst du an und sagst: ›Ach, Schatz, geh schon mal ins Bett und warte nicht auf mich.‹ Und am nächsten Morgen ist deine Seite des Bettes leer, und nach wenigen Monaten bin ich plötzlich wieder alleinstehend, mit doppelt so vielen kleinen Kindern wie jetzt und einer großen Verbitterung, aber vielleicht etwas besserem Unterhalt. Obwohl ... das kommt drauf an, vermutlich kannst nur du dir einen guten Anwalt leisten ...«

»Hör auf, Mariana, stop! Jetzt geht die Phantasie aber mit dir durch! Könnten wir nicht erst mal eine normale Beziehung auf die Reihe kriegen, bevor du über unsere Scheidung herumlamentierst?«

Doch jetzt war ich in Rage gekommen.

»Nichts, das sage ich dir, Janne, nichts könnte mich dazu bringen, mich freiwillig in diese Lage zu versetzen! Hast du nicht bemerkt, daß die Fortpflanzung in diesem Jahrhundert seltsamerweise fast nur noch Sache der Frauen geworden ist? Wir müssen jederzeit darauf vorbereitet sein, mit einem Haufen Kinder und verdammt schlechten Finanzen sitzengelassen zu werden. So ist es überall auf der Welt, das hab ich neulich erst gelesen: Über ein Drittel aller Familien mit Kindern haben eine alleinstehende Frau als Familienoberhaupt. In Afrika, in Südamerika, in Asien. Ich verstehe einfach nicht, warum es so ist! Väter, die abhauen, Väter, die sich um nichts kümmern, Väter, die glauben, daß sie sich kümmern, aber bei denen immer was dazwischenkommt. Oder solche, die als Väter fast unbrauchbar sind, wie Kenny.«

»Jetzt hör endlich auf, Mariana! Ich versuche dir doch gerade zu vermitteln, daß ich diese Verantwortung gern mit dir teilen würde, da kannst du mir nicht ein paar getürmte Afrikaner vor den Latz hauen! Und hierzulande gilt doch das gemeinsame Sorgerecht, das ist zumindest der Normalfall.«

»Klar, ich weiß, daß es geschiedene Väter gibt, die ihren Teil der Verantwortung übernehmen und die Hälfte der Zeit einspringen. Normalerweise haben sie sich schon eine neue Frau gesucht, die darum kämpft, sich bei den Kindern einzuschmeicheln und mit ihnen gut auszukommen, und sich hundertfünfzigprozentig einbringt. Und normalerweise können diese Väter sich genau die Hockeyausrüstung leisten, für die die Mutter kein Geld hat, oder eine Reise nach Thailand mit der neuen Frau und den alten Kindern ... Und dann fühlen sich die Kinder stärker zu ihm hingezogen, und plötzlich sitzt die Mutter ganz allein da – ohne alles. Für mich wäre es ohnehin gelaufen – es würde sich kein Vater für die Kinder der Exfrau von ihrem Exmann verantwortlich fühlen, daher werde ich immer noch ein Restguthaben an Kindern übrigbehalten ...«

An dieser Stelle wurde Janne rasend und schleuderte mir messerscharfe Dinge entgegen von verrückten Müttern, die ihre Kinder mit Beschlag belegten, obwohl die Väter von nichts anderem träumten, als sich um sie zu kümmern. Irrsinnige Mütter, die sich dafür rächten, daß sie verlassen worden waren, indem sie die Väter nicht an die Kinder ließen. Ja, sagte ich, solche gebe es sicher, aber es seien wenige, verglichen mit den ganzen Vätern, die vergäßen, ihre Kinder abzuholen, obwohl das Kind den ganzen Tag mit seiner kleinen Tasche im Flur gesessen und gewartet habe. Und wenn den Vätern wirklich so viel daran liege, warum könne man sie nicht wenigstens dazu bewegen, Elternzeit zu nehmen?

Da wußte Janne nichts mehr zu sagen. Er zielte unter die Gürtellinie und bemerkte, daß meine Bitterkeit vielleicht nur daran liege, daß ich noch nie einen Mann gehabt hätte, auf den ich mich hätte verlassen können, denn der, den ich gehabt hätte, sei ja nicht so richtig ... richtig gewesen. Soweit er wisse, sei er selbst jedenfalls normal bis langweilig, da müsse ich mir also keine Sorgen machen.

Wütend legte ich auf, und dann saß ich eine Weile schnaufend da, und schließlich weinte ich. Dann beschloß ich, daß mir nichts anderes übrigblieb, als ganz in meiner Arbeit und meinen Kinder aufzugehen. Es gab genug, um ein strebsames Alltagsleben zu füllen.

Das mit der Liebe mußte ich wohl auf die Zukunft verschieben. Bis ich fünfzig war. Ein gutes Korsett und die Falten mit Wäscheklammern hinter die Ohren geklemmt – und dann ab auf die Piste!

Die Basteltante

*E*s fiel mir noch nicht mal sonderlich schwer, mich in die Arbeit zu stürzen. Der Studiendirektor hat mich noch mehr auf dem Kieker, seit ich ihm neulich meine Meinung gesagt habe. Vor Freitag muß ich die Unterrichtsplanung für den ganzen Herbst abgeschlossen haben, für acht Klassenstufen. Es war vielleicht nicht so schlau, ausgerechnet mir diese Aufgabe zu übertragen, ich arbeite ja nicht mal Vollzeit, aber ich bin die einzige Kunstlehrerin mit voller Lehrbefähigung.

Nicht daß das an dieser Schule besonders hoch im Kurs stehen würde. Wenn Kunstlehrer fehlen, holt sich der Rektor vom Arbeitsamt, was er kriegen kann: Absolventen des Ästhetikgrundkurses an der Volkshochschule, seelenvolle Hobbytöpfer und etwas von jedem. Die Musiklehrerin hat dasselbe Problem: Jeder, der ein Instrument spielt, kann doch wohl auch Musik unterrichten, oder etwa nicht? Als sie Elternzeit nahm, wurde ihr Unterricht zunächst von einem pensionierten Organisten und dann von einem Rockschlagzeuger auf Drogenentzug übernommen. Ich würde gern mal sehen, wie sie einen Mathelehrer durch einen alten Wirtschaftsprüfer oder einen fröhlichen Studenten mit Rechenschieber ersetzen!

Wenn ich nicht unterrichtete, saß ich in dem kleinen stickigen Arbeitszimmer, das ich aus unerfindlichen Gründen mit dem Biologielehrer teilte, und kämpfte mit der Unterrichtsplanung. Um mich herum zwitscherten Tonbänder mit unseren gewöhnlichsten Singvögeln, und direkt neben mir im Regal saß eine scheußliche Vogelspinne in einem Terrarium. Haben sie mich etwa zwischen die Umweltschützer und Ornithologen gesteckt, weil wir Kunstlehrer eine vom Aussterben bedrohte Art sind? frage ich mich manchmal. Irgendwie anders sind wir jedenfalls, nicht Fisch, nicht Fleisch, und wir unterrichten ein Fach, das weder theoretisch ist noch so richtig praktisch wie Werken zum Beispiel. Und ich bilde mir ein, daß man sich auch im Lehrerzimmer fragt, ob wir wirklich gebraucht werden. Man könnte ja statt dessen den Informatikunterricht ausbauen. Den Schülern beibringen, wie man eine Steuererklärung ausfüllt, sie auf den Führerschein vorbereiten, Erste-Hilfe-Unterricht geben oder mit ihnen üben, wie man sich über einen Abgrund hangelt.

Die Musiklehrerin und ich klammern uns manchmal aneinander, sitzen in unserer Ecke herum und sind anders. In meinem ersten Halbjahr an der Schule sagte einer der Informatiklehrer jeden Tag zu mir: »Sieh an, kommt da nicht die Basteltante?« Bis ich eines Tages aufstand, drohend mit einem Bündel Marderhaarpinsel wedelte und sagte: »Wenn du mich noch ein einziges Mal Basteltante nennst, schiebe ich dir die hier in den Arsch!«

Die einzigen Anlässe für die Anerkennung meiner Kollegen bieten die fünfzigsten Geburtstage der anderen Lehrer, wenn ich gebeten werde, eine originelle Glückwunschkarte zu entwerfen. Und der Rektor hat mich mal beauftragt, neue Schilder für den Haupteingang zu gestalten.

Im übrigen gehen alle davon aus, daß jeder Kunstlehrer ein gescheiterter Künstler ist. Ich schlage zurück, indem ich behaupte, daß alle Schwedischlehrer erfolglose Schriftsteller seien, alle Sportlehrer schlechte Elitesportler und alle Physiklehrer gestrandete Ingenieure.

Aber ich will mich nicht beschweren. Im großen und ganzen sind meine Kollegen eine nette Ansammlung desillusionierter Gestalten. Ich bin froh, daß es keine Live-Übertragung unserer rauhen, aber herzlichen Kaffeepausen im Lehrerzimmer gibt, dann wären wir wohl allesamt von der Boulevardpresse der üblen Nachrede bezichtigt worden. Wir lästern über das Schulsekretariat, über den Rektor, über die Schüler und übereinander.

Und hätte ich sie nicht, würden Tage vergehen, an denen ich mit keinem einzigen erwachsenen Menschen rede. Meine Kinder sind mein ein und alles, aber erwachsen sind sie ja nicht.

Einer der Schweigsamen im Lehrerzimmer ist Jonte, der Hausmeister. Ich nehme nie Notiz von ihm, ich kann mich nur erinnern, daß ich mich einmal über die lustigen kleinen Skulpturen gewundert habe, die auf einem Regal in seinem kleinen Verschlag stehen. Er hat errötend bekannt, sie aus Metallresten vom Werkunterricht hergestellt zu haben.

Jedenfalls kam Jenny am Sonntag nach dem schrecklichen Abend im Strandhotel, als Zorro ihre Erwartungen zunichte gemacht hatte (und ich Jannes), zu mir nach Hause. Ich war darauf gefaßt, ihre Einzelteile aufzufegen und sie vorsichtig wieder zusammenflicken zu müssen, aber sie war gar nicht so am Boden zerstört, wie ich erwartet hätte, sondern seltsam verhalten und aufgekratzt zugleich.

Auf Stellan Olof Rosengren verschwendete sie nicht viele Worte. »Ich meine, *ein* Kind«, sagte sie nur. »Aber Zwillinge!« Ich weiß nicht, warum sie sich ausgerechnet davon so provoziert fühlte.

Statt dessen zwitscherte sie von Jonte herum. Er hatte sie auf eine Tasse Tee eingeladen, als er sie in unsere Wohngegend gebracht hatte. Bei dieser Gelegenheit hatte sich herausgestellt, daß auch Jonte ein Stagnelius-Verehrer war. Und damit nicht genug! Er hatte Jenny anvertraut, daß er zur »Ode an die Verwesung« zu greifen pflegte, wenn er richtig down war, wenn sein steifes Bein schmerzte und er sich ganz besonders glatzköpfig fühlte.

»Und weißt du was?« kicherte Jenny. »Wenn er total fertig ist, singt er sie auf die Melodie von ›Im Frühtau zu Berge‹!«

»Verwesung, ach eile, geliebete Braut,
zu betten unser einsames La-hager!
Verstoßen von der We-helt, versto-hoßen von Go-hott,
nur di-hich zum Trost ich noch habe!«
trällerte sie.

Sie benahm sich im großen und ganzen wie eine Frau, die auf dem besten Wege ist, sich zu verlieben. In Jonte! Es kommt erstens immer anders, zweitens, als man denkt.

Nun, ich gönnte es ihr. Allerdings mit zusammengebissenen Zähnen, denn ich beneidete sie. Janne steckte wie ein entzündeter Stachel in meinem Unterbewußtsein.

Und dann ... geschah das, was ich nie zu hoffen gewagt hatte. Meine Welt stand wieder kopf.

Tüte auf dem Kopf

Manchmal, wenn ich eine Affäre beendet hatte, begegnete ich auffallend oft ausgerechnet dieser Frau auf meinen gewöhnlichsten Wegen durch die Stadt. Ich stieß vor meinem Arbeitsplatz mit ihr zusammen, in den Kneipen, in die ich immer ging, oder in meinem Fitneßstudio, genau zu meinen Trainingszeiten. Jetzt weiß ich, warum.

In der letzten Zeit habe ich Mariana aufgelauert – wie ein Stalker einem Hollywoodstar. Bin »zufällig« an ihrer Schule oder an der Kita der Kinder vorbeigekommen. Habe in ihrem Supermarkt eingekauft – und es war ein Glück, daß ich ihr dort nicht begegnet bin, denn sie hätte sofort begriffen, warum ich dort war, so weit weg von meinem eigenen Viertel. Weitere von ihren täglichen Aufenthaltsorten kannte ich nicht.

Einer Frau so hinterherzuschleichen hat zwei Funktionen. Zum einen hofft man natürlich darauf, sie zu sehen. Aber zugleich ist es auch eine Art Pilgerfahrt, nach dem Motto: Ich bewege mich auf heiligem Boden, hier ist sie eben noch gegangen.

Das darf keiner jemals erfahren. Ich bin so peinlich, daß ich sogar mit einer Tüte auf dem Kopf herumlaufen würde.

Eigentlich hatte sie doch gar kein Hausverbot über mich verhängt? sagte ich mir. Warum sollte ich nicht ganz einfach irgendwann abends vorbeischauen? Sie anrufen und zufällig zwei Theaterkarten dabeihaben?

Sie hatte mir deutlich Bescheid gestoßen. Wenn Micke nach Hause käme, sei er wieder der Mann in ihrem Leben. Der Vater ihrer Kinder und ihre große Liebe. Doch wie lange wollte sie darauf warten?

Der Herbst verging. Ich sah mißmutig in meinen Garten, in den ich Marianas kleine Familie hatte einladen wollen. Ich hatte sogar ein Schaukelgestell mit originellem Design bestellt.

Ich arbeitete viel, machte zahlreiche Reisen und ließ mich von meiner Firma als IT-Berater der Gemeinde zur Verfügung stellen. Ich erneuerte meine Garderobe von Grund auf und ließ mein Badezimmer umbauen – mit Charlotte als Stilberaterin: schwarzes Glasmosaik mit gelben Akzenten und Schränken aus Edelholz. Dann reiste sie für längere Zeit ins Ausland.

Mariana meldete sich nie bei mir, aber sie war meistens freundlich, um nicht zu sagen aufgekratzt, wenn ich mit ihr telefonierte. Immerhin war sie nicht wütend. Ich weiß, daß sie es mochte, wenn ich sie anrief. Wir konnten stundenlang miteinander reden, aber jedesmal, wenn ich mit der Frage herausrükken wollte, wann ich sie denn mal sehen dürfe, kam irgendwas dazwischen.

Vermutlich drang die Frage wie eine Sprechblase aus dem Hörer, noch ehe ich sie überhaupt laut ausgesprochen hatte, denn es gelang ihr immer, kurz vorher etwas Abwehrendes zu sagen: »Weißt du was, jetzt müssen wir Schluß machen, ich habe gerade eine Bratpfanne auf dem Herd/Billy sitzt in der Badewanne/Bella hat eine Freundin zu Besuch, die jetzt nach Hause muß ...« Und jedesmal wenn wir miteinander redeten, zauberte sie neue Erklärungen aus dem Hut, warum es nie etwas mit uns werden könne, die eine unglaubwürdiger als die andere.

Natürlich wollte sie mich nicht sehen. Den Typen mit den pathetischen Liebeserklärungen. Klar langweilte sie das.

Eines Tages marschierte ich ganz einfach in ihr Treppenhaus. Auf der Mieterliste im Erdgeschoß strich ich verstohlen mit der Zeigefingerkuppe über den Namen »Manfeldt«. Dann stellte ich mich in den Fahrstuhl und fuhr in den siebten Stock. Ich summte vor mich hin und tat so, als führe ich jeden Tag mit diesem Lift auf und ab.

Dann fuhr ich wieder runter.

Und dann wieder rauf.

Ich stieg aus dem Fahrstuhl, legte eine fröhlich unbeschwerte Miene auf und klingelte bei Mariana. Es war gegen halb sechs, eigentlich müßten sie zu Hause sein.

Die Tür wurde von einem Mann um die Vierzig geöffnet. Er trug Jeans und ein leuchtend blaues Hemd und sah etwas mitgenommen aus, aber auf diese interessante französisch verlebte Art. Wirre Locken, Augen von einer intensiven blauen Farbe, was aber auch am Hemd gelegen haben kann. An den Füßen hatte er Sandalen, obwohl es Mitte November war. Er trocknete sich seine nassen Hände an einem Küchenhandtuch ab und sah mich freundlich und direkt an.

Hatte Mariana einen Bruder? Hatte sie sich etwa schon einen neuen Liebhaber angeschafft?

»Ja?« sagte der Mann.

Ich murmelte, daß ich ein Bekannter von Mariana sei und zufällig in der Gegend. Er nickte.

»Sie ist einkaufen«, sagte er. »Aber sie kommt gleich zurück. Willst du nicht reinkommen und warten?« Er streckte seine Hand aus. »Ich bin Micke.«

Ach, Mikael!

*B*ella Ciao hatte ja sogar erzählt, daß ihr Papa angerufen habe. Sie hatte behauptet, er sei über die sieben Meere gefahren und habe einen Korb mit Perlen für sie geholt – spätestens da hätte ich schalten müssen, denn das mit den sieben Meeren klang wirklich so, als stammte es von Micke. Und wenn Jenny nicht den Kopf voll von Zorro und Jonte gehabt hätte, dann hätte sie mir natürlich auch von ihrem kurzen Gespräch mit Micke erzählt. Er hatte sie gefragt, wer der Eismann sei, und sie hatte nur kurz angebunden entgegnet, daß sie nicht die geringste Ahnung habe, denn sie war davon ausgegangen, daß er mal wieder völlig durchgeknallt sei. Denn das war er gewesen, als sie ihn zuletzt gesehen hatte.

Damals, vor fast zwei Jahren, war Jenny gerade bei mir zu Besuch, als Micke wortreich erklärte, wie man sich vor dem neuesten Typus von Strahlen schützen müsse, die er Deltastrahlen nannte. Er hatte ihre Regenjacke untersucht und gemeint, daß sie notfalls ausreichen würde, an den schlimmsten Tagen jedoch durch Plastikhandschuhe ergänzt werden müsse. Das war am Abend bevor er uns verließ.

Eines Abends im November kamen wir ungewöhnlich spät von der Kita nach Hause. Es war Elternversammlung gewesen, und danach hatte ich eine Weile damit verbracht, nach Billys Handschuhen zu suchen. Er war verrotzter denn je, und draußen war Frost. Schließlich durfte ich mir welche aus der Fundsachenkiste ausleihen. Sie waren kaputt, und Billys kleine Finger sahen rauh und bläulich aus. Bella quengelte die ganze Zeit, daß sie eine Brille wollte, der ganze Heimweg war ein einziges Generve und Genörgel. Wir hatten es nicht mehr geschafft einzukaufen und waren alle drei müde, verfroren und hungrig.

Als wir aus dem Fahrstuhl traten, stolperten wir über eine lange Gestalt, die sich quer über den Treppenabsatz zum Schlafen gelegt hatte, mit einem zusammengerollten Mantel als Kopfkissen. So ein Mist, dachte ich noch. Ein Penner? Ein Junkie? Wie soll ich die Kinder an ihm vorbei in die Wohnung schleusen, ohne daß er aufwacht?

Doch da richtete er sich auf, als habe er nur dagelegen und auf uns gewartet. Es war Micke.

Bella reagierte als erste. Sie schrie auf und warf sich auf seinen Schoß. Er hob sie hoch, als sei sie eine Puppe, stand auf und lächelte mich an.

Ich kann sie gar nicht alle beschreiben, die widerstreitenden Gefühle, die mich erfüllten und einen totalen Kurzschluß verursachten. Ein Teil von mir stand noch immer ängstlich herum und fragte sich, wie ich die Kinder an ihm vorbei in die Wohnung bekommen sollte. Aber im übrigen Teil von mir machte sich eine große, warme, goldgelbe Freude breit. Ich fror nicht mehr. »Mikael«, sagte ich lächelnd.

»Mariana.« Er verbeugte sich ernsthaft.

Plötzlich wurde mir bewußt, daß Billy sich an mein Bein klammerte und sich an mich drückte. Er starrte mißtrauisch seinen Vater an, an den er nicht die geringste Erinnerung hatte. Als Micke damals verschwand, war er erst ein Jahr alt, hatte gerade gehen gelernt. Ich nahm ihn auf den Arm.

Da standen wir, mit je einem Kind in den Armen. Wir machten ein paar Schritte aufeinander zu, dann beugten wir uns gleichzeitig vor und küßten uns vorsichtig. Er schmeckte nach Winter und Kälte und Micke, Micke, Micke. Ich wühlte den Schlüssel aus der Tasche, und dann traten wir in die Wohnung.

An diesem ersten Abend lag eine gedämpfte, beinahe feierliche Stimmung über unserer ganzen Familie. Wir kochten uns etwas aus dem, was noch da war. Es gab Pfannkuchen aus Sauermilch und dazu ein Glas flüssigen Honig, das ich lange aufgespart hatte. Bella ließ Micke keine Sekunde los, sie mußte die ganze Zeit bei ihm sitzen, mit ihm reden, ihm Sachen zeigen. Sie kam mit dem Tangaslip angelaufen, den ich ihr gekauft hatte, und mit einem Haufen Bilder, die sie von ihm gemalt hatte. Billy saß wie angewurzelt auf meinem Schoß, nicht mal beim Essen wollte er auf einem eigenen Stuhl sitzen. Er starrte Micke die ganze Zeit an. Micke ließ ihm Zeit, machte Scherze und sah ihn nur verstohlen aus dem Augenwinkel an, und schließlich mußte Billy unwillkürlich kichern.

Er hatte keinerlei Gepäck dabei, doch ich fragte nicht. Nach dem Essen zwinkerte er Bella zu und winkte sie in den Flur hinaus. Wortlos nahm er seinen Mantel vom Haken. Bella sah ihn aufmerksam an, und dann begann sie in den Taschen zu suchen, es gab massenhaft Taschen innen und außen. Nach einer Weile hatte sie mindestens ein Kilo Perlen und Glaskugeln in allen Farben herausgewühlt. Sie holte ihren Sandeimer und legte alles, was sie gefunden hatte, hinein. Billy machte große Augen.

Aus der Brusttasche des Mantels zog sie ein kleines Päckchen, das in Goldpapier eingewickelt war. Micke hielt sie zurück. »Das ist für Mama«, sagte er.

Es war eine Brosche in Form eines Leoparden, die Flecken bestanden aus kleinen, glänzenden Markasiten, und die Augen glitzerten grün. Sie war auf eine etwas altmodische Weise elegant, und ich vermutete, daß er sie in einem Secondhand-Laden gefunden hatte. Ich küßte ihn voller Wärme und befestigte sie gleich an meiner fusseligen langen Strickjacke, direkt über dem Herzen.

Natürlich stand ich den ganzen Abend unter Strom. Ich überwachte ihn, wartete auf kleine Zeichen oder Beweise: War er jetzt gesund, war er wieder mein Micke oder ... Bisweilen lächelte er mir zu, wenn er sah, daß ich dasaß und ihn beobachtete.

»Mariana, Mariana«, sagte er. Dann zwinkerte er wieder und zog etwas aus der Hosentasche hervor. Es waren eine Schachtel aus der Apotheke und eine runde Plastikdose mit Pillen. Micke, der sich immer geweigert hatte, Medikamente zu nehmen! Er reichte sie mir. Sie waren vor nur drei Wochen auf seinen Namen ausgestellt worden, von einem Arzt.

»Sei nicht unruhig«, sagte er. »Ich habe vieles gelernt. Es war eine lange Reise. Eine lange Reise, über sieben Meere.«

Er ist mein Junge

Der Onkel war nett. Er hatte Kugeln und so, ich hab welche von Bella gekriegt, und dann hat er Märchen und lustige Sachen erzählt. Und wir haben Pfannkuchen gegessen. Und dann hat er mit mir gebadet und war wie ein Fisch und hat mit Wasser rumgeplanscht, und Mama ist gekommen und hat gelacht. Und dann als wir ins Bett gegangen sind, hat er gesagt, du bist mein Junge, und da hab ich gesagt, du bist auch mein Junge, und da hat er gelacht. Er hat Haare wie ein Troll und bleibt jetzt hier und wohnt bei uns in Mamas Zimmer.

Morgen macht er Leopardenfrikadellen, die hab ich noch nie gegessen. Er hat ganz doll große Füße, und ein Nagel ist blau, und er hat gesagt, er hat was verloren, was ihm auf den Fuß gefallen ist, und dann ist er blau geworden. Was hast du denn verloren, hat Bella gesagt, und da hat er gesagt, er hat seinen Kopf verloren, aber jetzt hat er ihn wiedergefunden. Wieso seinen Kopf, hab ich Bella gefragt, und sie hat gesagt, er hat bestimmt sein Kopfkissen gemeint. Ich hab ein Kopfkissen mit Mickimaus drauf, und morgen frag ich ihn, was auf seinem drauf ist.

Dieses verdammte Lachgrübchen

Natürlich kam ich nicht in die Wohnung hinein, als dieser Micke mir die Tür öffnete. Ich murmelte nur etwas davon, daß die Parkuhr bald abgelaufen sei, und stapfte mit entschlossenen Schritten davon, nach dem Motto: Hier geht ein vielbeschäftigter Mann. Ich drehte mich kein einziges Mal um.

Ich fuhr heim in mein Häuschen, auf direktem Weg, dachte nicht nach, verhielt mich an allen Kreuzungen vorbildlich, ließ die Fußgänger vorbei, riß mich total am Riemen und dachte nicht nach, dachte nur an das, was ich in diesem Moment tat.

Dann blieb ich auf meinem Ledersofa sitzen, mit hängenden Schultern, stundenlang.

Jetzt war es vorbei. Jetzt war alles vorbei. Er war zurückgekommen, er, auf den sie so treu gewartet hatte. Nun ja, zumindest treu im Herzen. Und er sah aus, als könnte er es wert sein, daß man auf ihn wartete, das begriff sogar ich.

Jetzt hieß es, den Rest meines Lebens in Angriff zu nehmen, und das wäre doch gelacht, wenn es nicht wie von selbst ginge? Was vermißte ich eigentlich, abgesehen von grünen Augen und Dackelohrbrüsten und einem großen, fröhlichen Mund mit ungeschminkten Lippen, der die ganze Zeit völlig unerwartete Dinge sagte? Ich liebte es, Marianas Mund zu beobachten, vor allem, wenn sich der eine Mundwinkel nach oben zu krümmen begann, so daß daneben ein kleines Lachgrübchen entstand. Da wußte ich, daß sie gleich ihr heiseres und ansteckendes Kichern anstimmen würde. Ein bißchen wie Janis Joplin am Ende von »Oh Lord, won't you buy me a Mercedes Benz«.

Und genau daran darf ich nicht denken. Nicht an ihr Lachgrübchen und nicht an ihre rauhen Hände mit den kurzen Fingernägeln und dem abblätternden farblosen Nagellack. Nicht an ihre zerzausten braunen Haare, die sich schweißnaß in ihrem

Nacken lockten, wenn wir uns geliebt hatten. Nicht an ihre zerschlissene Ledermappe, die sie als Handtasche benutzte und in der sie nie das richtige Fach fand. Nicht an die kleinen, glänzenden Streifen auf ihrem Bauch und nicht …

Nicht an all das, woran ich die ganze Zeit dachte. Woran mich alles erinnerte.

Ich versuchte es vom anderen Ende her aufzurollen. Was hatte ich eigentlich an ihr gefunden? Ein paarmal hatte ich gedacht, daß es sich wohl genauso verhielt, wie Charlotte seinerzeit gesagt hatte: Vermutlich war ich einfach kein glanzvoller Eismann, obwohl ich ein glanzvolles Leben führte.

Wenn man aus einer Familie stammt, in der die Mutter die Plastiktüten auswusch und wiederverwendete, kann man sich vielleicht nie so recht an ein Leben gewöhnen, in dem man einfach in ein Taxi steigt, wenn man irgendwohin will, und ohne nach dem Preis zu fragen seine Kreditkarte zückt, wenn man in einem Laden etwas sieht, was man gerne hätte. VIP-Lounges und kleine Gourmetrestaurants ohne Türschild. Frauen, die ohne mit der Wimper zu zucken für einen Tausender Parfüm im Dutyfree-Shop kaufen und dann die Nase rümpfen und die Flasche im Hotel stehenlassen.

So ein Leben war für mich vielleicht nie so ganz real. Mariana dagegen war real. Ist real.

Natürlich gibt es massenhaft Marianas da draußen! Die zwischen den Regalen im Supermarkt herumgehen, die Preise vergleichen und dann trotzdem das kleinste und relativ gesehen teuerste Glas kaufen müssen. Die Pipiflecken auf ihrer Matratze haben, schlabberige, verwaschene BHs tragen und sich nie einen Frisörbesuch leisten können. Die Kinder und eine Arbeit und keine Zeit haben und auf eine Art und Weise kämpfen müssen, wie ich es nie tun mußte, obwohl ich immer so schrecklich beschäftigt bin.

Ich habe Chris herumprotzen hören, wie er Überstunden bis drei Uhr morgens gemacht hat, das tue ich übrigens auch. Und am folgenden Morgen schlafe ich bis zwölf und gehe dann irgendwo brunchen, bestelle mir einen Latte Macchiato und lese The Economist. Ich habe noch nie bis drei Uhr nachts wach gelegen, weil das eine Kind Ohrenschmerzen hat und weint, und bin um halb sieben aufgewacht, weil das andere Kind rittlings auf einem sitzt und Frühstück will.

Dabei muß es doch nur so von realen Frauen wimmeln, die nicht Marianas dickköpfige Einstellung zu ihrer eigenen Unabhängigkeit haben. Die mein Vermögen nicht als Bedrohung sehen. Massenhaft Frauen, die es liebend gern mit mir teilen würden. Mit Kindern, die im Schaukelgestell herumklettern könnten, das ich angeschafft habe. Viele davon übrigens weitaus hübscher als Mariana.

Scheiße noch mal, an diese ganzen Frauen will ich gar nicht denken. Ich sehe nur dieses verdammte Lachgrübchen vor mir. Und die Haare.

Glücklich und sicher

Das Mißtrauen hielt noch mehrere Wochen an. Ich überwachte ihn, hörte genau zu, um Merkwürdigkeiten hinter seinen normalen Sätzen zu hören, zählte sogar die Tabletten nach, um zu sehen, ob er sie regelmäßig einnahm. Aber ich entdeckte nichts.

Micke schien ganz einfach gesund zu sein. Vielleicht waren es die Medikamente, die ihn in Schach hielten. Doch warum sollte ich mir Sorgen machen, selbst wenn er bis an sein Lebensende Medikamente nehmen mußte? Das mußten Diabetiker und Blutdruckpatienten auch. Was sein mußte, mußte eben sein.

Er wollte nicht über die Jahre sprechen, in denen er fortgewesen war, und ich setzte ihn nicht unter Druck. Ich war so glücklich, ja, ich glaube, ich war wirklich glücklich. Und die Kinder konnten gar nicht genug von ihm bekommen, sie kletterten auf ihm herum, als seien sie Affenkinder, sobald er sich hinsetzte. Manchmal ging er mit schweren, schleppenden Schritten durchs Wohnzimmer mit Bella unter dem einen Arm, während Billy auf seinem Fuß ritt. Und sie lachten alle drei wie verrückt.

Er würde sich einen Job suchen, sagte er gleich am Anfang. Kein Gerede von irgendwelchen Forschungsprojekten ... Wir gingen zusammen in einen Secondhand-Laden und kauften ihm richtig schicke Sachen. Das riß zwar ein Loch in meine Brieftasche, aber ich lieh mir was von Jenny, die sich ihrerseits was von Jonte borgte, vermutete ich. Wir entdeckten sogar eine schöne gebrauchte Lederjacke.

Und dann suchte er Arbeit – und fand welche. In einem Seven-Eleven-Shop, der fast rund um die Uhr geöffnet hatte. Er stand an der Kasse, und wir machten es uns zur Gewohnheit, auf dem Heimweg von der Kita vorbeizuschauen und was Kleines einzukaufen. Er blinzelte die Kinder an und steckte ihnen einen Leckerbissen zu. Dann sah er mich mit seinen warmen, blauen Augen an, und ich dachte immer und immer wieder: Dieser Leckerbissen gehört mir, ich kann es gar nicht fassen! Vor allem wenn ich bemerkte, daß andere Frauen vor mir in der Schlange dazu neigten, in seinen blauen Augen zu ertrinken, ganz besonders herumzualbern und einfach etwas länger stehenzubleiben.

Komische Arbeitszeiten hatte er natürlich, die nicht mit meinen übereinstimmten, aber ich gewöhnte mich daran einzuschlafen, ohne daß er zu Hause war, das beunruhigte mich nicht mehr. Ich fühlte mich sicher. Micke war wieder gesund. Und an den Wochenenden führten wir unser Abenteurerleben, mit Abenteuern, die sich nur Micke ausdenken konnte.

Er lieh sich ein Boot, und wir begaben uns mit einer Brotzeit auf den See hinaus. Die Kinder hatte er in gestreifte Pullover gesteckt, und sie waren Matrosen auf den sieben Meeren. Ich bekam einen kleinen Schreck, als Micke die Reling des Bootes packte und heftig damit zu schaukeln begann, während er das Heulen des Windes nachahmte. Die Kinder schrieen vor Lachen und vielleicht auch vor Schreck, ich hätte selbst beinahe Panik bekommen – doch in dem Moment glitt das Boot in ruhigere Gewässer, und Micke zeigte uns eine kleine Bucht, in der wir Schiffbruch erleiden konnten.

Als wir das Boot an Land gezogen hatten, entdeckten die Kinder eine Flasche, die zwischen ein paar Steinen herumschaukelte und in der ein Papier steckte. Es war eine Schatzkarte über ausgerechnet diese Bucht, ein rotes Kreuz markierte den Schatz. Micke zauberte einen Spaten aus der Tasche, und die Kinder gruben und fanden natürlich eine Kiste mit Schokoladenmünzen. Micke führte diskret Regie, er zog quasi Kaninchen um Kaninchen aus dem Hut. Das Schokoladengeld hatte er bei seinem Arbeitsplatz mitgehen lassen.

So ausgetüftelt war es natürlich nicht immer, es reichte schon, wenn wir eine Dschungeltour durch den Stadtpark unternahmen oder in eine Kirche schlichen und uns miteinander im Flüsterton unterhielten. Micke schreckte nicht mal davor zurück, die Kinder mit auf die Kanzel zu nehmen und ihnen die Aussicht zu zeigen, obwohl die Leute rundherum die Stirn runzelten. Einmal standen wir auf einer Eisenbahnbrücke und warfen Gegenstände hinunter, die wir dorthin wünschten, wo der Pfeffer wuchs. Bella warf einen Milchzahn hinab, der ihr wehgetan hatte, und Billy ein Paar kratzige Stricksocken. Micke schmiß ein leeres Medizinglas hinunter und die Stromrechnung, was später zu gewissen Komplikationen führte.

Ein anderes Mal fuhren wir mit dem Bus um die ganze Stadt, immer wieder, und zeigten uns Häuser, in denen wir wohnen wollten. Beziehungsweise in denen wir eines Tages wohnen würden. Wir einigten uns auf ein braunes Blockhaus mit Sonnenveranda und einem zotteligen Hund in einem Zwinger. Dort würden wir wohnen, und auch der Hund würde dort wohnen bleiben dürfen. Nach der vierten Runde um die Stadt wurden wir hinausgeworfen.

Natürlich konnten wir nicht ins Schwimmbad und auch nicht ins Kino oder irgendwohin, wo es Geld kostete. Mein Gehalt wurde stärker beansprucht als je zuvor, obwohl Micke das eine oder andere von seinem Arbeitsplatz nach Hause schmuggelte. Doch bald sollte sein erster Lohn kommen, und danach sah es freundlicher aus.

Alles sah freundlich aus. Die beiden einsamen Jahre waren aus meiner Erinnerung verschwunden. Auch Janne war aus meiner Erinnerung verschwunden, bis ich ihm eines Tages auf dem Marktplatz begegnete. Er sah verbissen aus und bat darum, mit mir sprechen zu dürfen.

»Ich will mich nicht aufdrängen, Mariana«, sagte er. »Ich weiß, daß du dich jetzt freust, weil Micke wieder da ist. Aber ich möchte dich um etwas bitten, um eine Sache, die du bestimmt albern findest. Aber ich würde nachts besser schlafen, wenn du ...« Er verstummte, trat von einem Fuß auf den anderen und sah unsicher aus – was schlecht zu seinem flotten, dunkelblauen Kurzmantel paßte.

»Was denn, Janne?« sagte ich so freundlich wie möglich. Ich empfand eine große Zärtlichkeit für ihn und hätte ihn am liebsten mit nach Hause genommen, um ihn in unsere Menagerie zu integrieren. »Ich werde alles tun, worum du mich bittest, Janne, versprochen.«

Er sah ein bißchen froher aus. Dann zog er ein Handy aus der Tasche und reichte es mir.

»Ich will, daß du es immer bei dir trägst«, sagte er. »Es ist auf meinen Namen angemeldet, und natürlich mußt du die Rechnungen nicht bezahlen, das übernehme ich. Du kannst telefonieren, soviel du willst, aber merk dir, daß meine Handynummer auf der ersten Kurzwahltaste einprogrammiert ist. Wenn du jemals in eine Situation gerätst, in der du Hilfe brauchst, dann drückst du einfach ... hier und dann hier ...«

Ich konnte mir ein kleines Lachen nicht verkneifen. Eine moderne Version des edlen Ritters, der seiner Dame in der Not beistehen und auf seinem edlen Roß angesprengt kommen würde. Er glaubte natürlich, daß Micke uns irgendwie gefährlich werden könnte. Ich versuchte ihm zu erklären, daß es uns so gut gehe, Micke sei jetzt gesund, ich könne sein Angebot wirklich nicht annehmen ... Aber er blieb hartnäckig.

»Es ist nicht deinetwegen, Mariana, sondern meinetwegen«, sagte er. »Bitte halte das aus. Trag es bei dir oder in deiner häßlichen alten Aktenmappe. Ich werde das Gefühl haben, als hätte ich trotz allem eine Verbindung zu dir. Ich werde dich manchmal anrufen, wenn ich darf, und einfach ein bißchen reden. Nur mit dir. Ich trau mich nicht, mit dem Typ mit diesen blauen Augen zu reden. Er sieht einen ja an, als wüßte er alles über einen und könnte einem bis in die Seele blicken!«

Ich lächelte. Micke hat eine solche Wirkung auf manche Leute. Wenn er sie lange ansieht, beginnen sie sich zu winden und bekommen einen flackernden Blick.

»Ich werde tun, was du sagst, Janne«, meinte ich. Das war wohl das Mindeste, was ich tun konnte. »Ich werde es immer bei mir tragen und dich anrufen, wenn ich in Not gerate. Zumindest das nächste Jahr, mehr will ich nicht versprechen. In einem Jahr hast du sowieso vergessen, was das für eine blöde Telefonrechnung ist, die du da zahlst, und hast den Vertrag gekündigt.«

Er sah mich nur an. Dann umarmten wir uns hastig und gingen auseinander. Das Handy lag in meiner Aktenmappe, und natürlich würde ich rangehen, wenn es klingelte, aber ich konnte mir nicht vorstellen, daß ich es jemals selbst brauchen würde.

Ein geschmackvolles Weihnachten

*B*ald habe ich wohl die ganze Scheiße durchgestanden. Mir geht es allmählich etwas besser, ich denke nicht mehr täglich an Mariana und esse wieder mit gutem Appetit. Da war nur diese Sache mit dem Telefon.

Es fing damit an, daß ich eines Nachts aufwachte und kerzengerade mit pochendem Herzen im Bett saß. Ich hatte von einem roten Telefon geträumt, das mit einem wütenden, anhaltenden Ton klingelte, und von einer Stimme, die klang wie aus einem Werbefilm: »Bist *du* vor Ort, wenn das Schlimmste eintrifft?« Aus irgendeinem Grund fielen mir Bella und Billy ein. Nicht daß ich viele Gedanken auf sie verschwendet hätte, das muß ich zugeben, denn so nahe stand ich ihnen nicht. Aber jetzt hatte ich das Gefühl, sie seien im Traum dabeigewesen.

Und plötzlich hatte ich diese abgefahrene Idee, Mariana ein Notfallhandy mit einer Direktdurchwahl zu mir zu geben. So was sieht mir gar nicht ähnlich, aber ich kaufte ein rotes Handy und programmierte auf die erste Kurzwahltaste meine heimliche Handynummer, bei der ich immer rangehe. Dann lief ich mehrere Wochen lang mit dem Telefon in der Tasche durch die Gegend. Ich hatte vorgehabt, es Mariana vor der Kita zu überreichen, aber es kam so viel dazwischen: Wir strukturierten in der Firma einiges um, ich war ziemlich viel in kommunalen Angelegenheiten unterwegs, und außerdem hatte ich angefangen, mich mit meinem niedlichen Finanzberatermädchen Louise zu verabreden.

Aber eines Tages liefen wir uns auf dem Marktplatz in die Arme, Mariana und ich. Sie sah frisch und munter aus, was mich natürlich nur noch düsterer machte. Das Haar hatte sie hochgesteckt und in ein leuchtendblaues Tuch mit flatternden Enden gewickelt. Dazu trug sie einen langen hellen Trenchcoat mit breiten Schultern. Sie sah ein bißchen aus wie Katharine Hepburn in frühen Jahren.

Sie nahm das Telefon mit einem Lächeln in Empfang, das mir sagte, daß sie nicht damit rechnete, jemals in eine Notlage zu gelangen, in der sie es benutzen würde. Ich fühlte mich blöd, blieb aber hartnäckig. Mir gefiel der Gedanke, daß sie meine Nummer nahe bei sich trug, die ganze Zeit.

Janne Widing, der Peinliche. Schon wieder mit einer Tüte auf dem Kopf.

Der Dezember kam. Zu Heiligabend hatte mich Louise eingeladen. Sie würde »ein paar Kids« zu Besuch haben, sagte sie. Ich ahnte das Schlimmste. Vermutlich waren es alles Finanzexperten, die beim Weihnachtsschinken über den Nasdaq-Index diskutierten. Aber Louise hatte eine Art, still und leise herumzuquengeln, bis ich schließlich nachgab – und was wäre schon die Alternative gewesen? Meine Eltern hatte ich in den Seniorenwinter nach Capri geschickt, von November bis Februar. Charlotte war noch immer im Ausland. Meine Freunde hatten eigene Familien.

Es wurde ziemlich genau so, wie ich es befürchtet hatte. Louise hatte ein ganz ordentliches Gehalt und noch bessere Bonuszahlungen, mit anderen Worten reichlich Geld. Sie abonnierte mehrere Einrichtungszeitschriften, die in einem Korb auf ihrem farblich abgestimmten WC lagen. Der Tisch war das reinste Kunstwerk: ein dunkelgrünes Leinentuch, unter den Tellern Stechpalmenzweige, zwischen den Gedecken Gold und Silber und breite Seidenschleifen im Schottenkaromuster, die graziös eine Überdecke aus weißer Spitze hielten. Exakt denselben Tischschmuck entdeckte ich in der Zeitschrift »Maison«, als ich mich auf die Toilette verzogen hatte.

Dort blieb ich eine ganze Weile sitzen. Ich fand die Kids unglaublich langweilig, die reinsten Schlaftabletten. Nur einmal wachte ich auf, als eins der Mädchen, das zuviel Madeira getrunken hatte, sich über die Leute beschwerte, die von der Arbeit anderer lebten. Ich dachte, sie spräche über Aktieneinkünfte, und stieg in das Gespräch ein, bis ich aus den leeren Blicken der anderen schließen konnte, daß ich eine wichtige Phase der Diskussion verpaßt haben mußte. Sie hatte nämlich eigentlich von den Sozialfällen gesprochen, die von Stütze und Wohngeld lebten. Surprise, surprise …

»Und du meinst, die Leute, die an der Börse spekulieren, leben nicht von der Arbeit anderer?« entgegnete ich. Louise legte sanft ihre Hand auf meinen Arm.

»Aber du hast doch wohl nicht etwa ein schlechtes Gewissen, weil deine Aktien dir ein Vermögen eingebracht haben?« sagte sie. »Du hast viel riskiert und eine angemessene Rendite erzielt, das kann dir doch niemand mißgönnen!«

Ungefähr da ging ich auf die Toilette und blieb eine halbe Stunde dort sitzen. Vermutlich glaubten sie, mich hätte eine akute Schinkenvergiftung befallen, was mir allerdings völlig gleichgültig war.

Mariana hatte mich am Abend zuvor ganz kurz angerufen und mir frohe Weihnachten gewünscht. Kurz und konventionell. Irgendwo im Hintergrund waren eine brummige Männerstimme und Kinderstimmen zu hören. Ich wünschte ihr dasselbe und legte auf.

Am ersten Feiertag saßen Louise und ich lange vor dem Feuer in ihrem Kamin. Er war mit Stechpalmenzweigen geschmückt, und auf dem Kaminsims stand eine Reihe von geschmackvollen und/oder witzigen Weihnachtskarten. In der Mitte hing ein englischer Weihnachtsstrumpf, in den sie lauter Geschenke für mich gesteckt hatte: eine Krawatte, die aussah wie ein englischer Schulschlips, ein rot-weiß-gestreifter Pfefferminzlutscher und eine Flasche Porter. Sie selbst trug einen Morgenmantel in Tartanmuster (»dressing gown« nannte sie ihn) und hatte mir einen ebensolchen gereicht, mit einem kleinen Lächeln. Auf ihre diskrete zielstrebige Art hatte sie mich am Vorabend ins Bett gekriegt.

Jetzt führte sie eine Teetasse aus englischem Spode-Porzellan an den Mund und seufzte zufrieden. In ihren Ohrläppchen glänzten die Goldohrringe, die ich ihr zu Weihnachten geschenkt hatte. Ich selbst fand sie uninteressant und geschmackvoll bis zur Selbstaufgabe, aber sie wirkte zufrieden. Der Seufzer schien auszudrücken: Siehst du? So gemütlich könnten wir es immer haben, wenn wir …

In diesem Moment klingelte mein Handy. Es war Mariana. Ihre Stimme klang gepreßt, und sie fragte, ob ich mich nachmittags mit ihr am Einkaufszentrum treffen könne. »Sag wann, aber schnell!« sagte sie. »Ich muß auflegen!«

»Um zwei, vor dem Coop«, sagte ich, und sie legte auf. Was nun?

Krabbenbaguettes an Heiligabend

Alles war natürlich nicht die reine Idylle in unserem Alltagsleben. Vielleicht machten die Tabletten irgendwas mit Micke, abgesehen davon, daß sie ihn in unserer Welt festhielten. Aber ich bin mir ziemlich sicher, daß es die Medikamente waren, die ihm beispielsweise die Lust auf Sex genommen hatten. Jeden Abend kroch er neben mir ins Bett, wenn er von der Arbeit kam, jeden Abend gab er mir eine herzliche Umarmung oder einen Kuß auf die Wange – und dann schliefen wir ein. Er zumindest. Ich lag lange wach und dachte wehmütig daran, wie es sich anfühlte, an Jannes haarige Brust gedrückt zu werden.

Manchmal fragte ich mich, warum ich nicht selbst die Initiative ergriff und anfing, mit Micke zu schmusen. Aber in meinem Innersten wußte ich, warum: Ich hatte Angst davor, etwas in seinem Blick zu wecken, was ich dort nicht sehen wollte, Abscheu vielleicht. Oder dieses entsetzliche Gefühl, ihn nicht erreichen zu können, obwohl er auf der anderen Seite des Küchentisches sitzt. So war es, bevor er letztes Mal verschwand. Reg dich ab, Mariana! Jetzt ist doch alles so gut. Du wolltest dir den Sex doch aufheben, bis du fünfzig bist und dir die Typen in der Bar aufreißt, mit frisch gefärbtem Haar und Wäscheklammern hinter den Ohren.

Ich warf den Gedanken beiseite, wie eine mißlungene Skizze auf einem zerknüllten Papier.

Am Tag vor Heiligabend bekam Micke sein erstes Gehalt. Er zwinkerte mir zu und nahm Bella mit ins Weihnachtsgetümmel. Ich lächelte vor mich hin, ging mit Billy zu Åhléns und kaufte aus meiner mageren Kasse Weihnachtsgeschenke. Ein gelbes Hemd für Micke (ausnahmsweise neu) und eine Zigarre in einer eigenen Hülse. Eine Abenteuerbarbie mit Taucherausrüstung für Bella (viel zu teuer), einen Zeichenblock und einen Dinosaurier für Billy und noch ein paar andere nette Kleinigkeiten. Natürlich bekam auch Billy ein bißchen Geld. Er kaufte so schöne und ausgesuchte Dinge: eine Spielzeugbrille für Bella mit herzförmigen Gläsern, eine Tüte mit Einwegrasierern für Micke, der immer vergaß, sich zu rasieren. An der Parfümtheke sagte ich listig, daß ich so gern so eine schöne rosa Seife für 12,50 gehabt hätte, und dann gingen wir davon.

»Warte hier, Mama«, sagte Billy. »Hab was vergessen!« Er rannte zurück in Richtung Parfümtheke. Ich wandte mich ab und wartete eine ganze Weile, dann wurde ich unruhig und drehte mich wieder um. Billy stand an der Parfümtheke, ruhig und geduldig, mit einem Zwanziger in der Faust, die er in die Luft streckte. Er hatte seine Nase genau auf Höhe der Theke. Die Leute um ihn herum kauften ein, die Schlange bewegte sich an ihm vorbei, und niemand bemerkte ihn. Alle gingen wohl davon aus, daß er zu irgendeinem Erwachsenen in der Nähe gehörte.

Ich ging zu ihm hin, seine kleinen, dicken Backen waren ganz naß. »Ich wo ... hollte die Seife fü ... hür dich kaufen«, hickste er. »Aber ich komm nie dran!« Ich kaufte schnell die Seife, ließ sie einpacken und mit einer großen Schleife versehen und sagte zu Billy: »Weißt du was, ich habe so ein schlechtes Gedächtnis! Wenn du das Geschenk gut in deinem Zimmer versteckst und Heiligabend unter den Weihnachtsbaum legst, dann werde ich mich ganz bestimmt nicht mehr erinnern, was drin ist.« Er trocknete seine Tränen und nickte, und dann gingen wir nach Hause.

Bella empfing uns im Flur und hüpfte vor Eifer von einem Fuß auf den anderen. »Papa hat ganz doll viele schöne Weihnachtsgeschenke gekauft!« triumphierte sie.

»Wir auch!« strahlte Billy. »Papa, du kriegst was ganz Schönes, was ganz gelb ist! Und hart!« Er flüsterte mir zu: »Hart hab ich gesagt, um ihn reinzulegen! Hihihi!«

»Vielleicht einen hohen Hut?« sagte Micke und nahm mich in den Arm. »Ich wollte schon immer einen hohen gelben Hut haben!«

Wir gingen ins Wohnzimmer. »Oh ...«, sagten Billy und ich

im Chor. Bella und Micke strahlten beim Anblick unserer erstaunten Gesichter um die Wette. Sie hatten einen gigantischen Weihnachtsbaum von irgendeiner graugrünen, kräftigen Sorte gekauft und ihn mit Wolken von Lametta geschmückt. Sie mußten Lametta in rauhen Mengen gekauft haben. Darunter lag ein Meer von Geschenken in allen Farben, große und kleine. Mir schwante Übles.

»Hast du auch nicht zuviel von deinem Lohn ausgegeben, Micke? Hat es für all das gereicht und außerdem fürs Weihnachtsessen? Und dann sollte ja auch noch was für die Miete übrigbleiben ...«

»Das Weihnachtsessen?« fragte Micke. Wir hatten vereinbart, daß er einkaufen sollte. Ich hatte eine Einkaufsliste geschrieben und genau ausgerechnet, wie üppig unser Essen sein dürfte. Ein kleiner Schinken, ein Gewürzbrot, ein Päckchen tiefgefrorene Fleischklößchen, ein Glas Rotkohl und zwei Dosen Hering. Nicht die traditionellen Cocktailwürstchen, die waren zu teuer, aber dafür ein paar billige Grillwürstchen, die wir in kleine Stücke schneiden konnten. Und halbe Eier mit Mayonnaise und Fischpaste, hatte ich mir gedacht. Ein Stück Edamer, wenn es den im Sonderangebot gab, ein Kilo Mandarinen, eine Tüte Nüsse und ein paar Feigen. Und falls noch Geld übrig war, eine Schachtel Aladdin-Pralinen.

»Stell dir vor, ich habe das Essen ganz vergessen!« sagte Micke und lachte. Und je mehr er lachte, desto mehr lachten auch die Kinder, bis sie beinahe keine Luft mehr bekamen und sich auf dem Boden kugelten.

»Aber ... aber ...«, sagte ich und spürte, wie die Tränen hochstiegen. »Ich habe doch auch kein Essen gekauft. Und ich habe nur noch hundertsiebenundzwanzig Kronen!«

»Wir gehen natürlich essen«, sagte Micke und machte eine großzügige Handbewegung. Ich öffnete den Mund, schnappte nach Luft und schloß ihn wieder. Da bemerkte ich, daß Micke mich irgendwie seltsam ansah, als sei ich ein interessantes Versuchstier.

»Wir können doch nicht ...«, setzte ich an. Micke runzelte die Stirn, und dann seufzte er. Mama ist eine Spielverderberin, bedeutete das.

»Kommt mit, Familie«, sagte er. »Jetzt gehen wir zu Seven Eleven und kaufen dort unser Weihnachtsessen. Das können sie ruhig ausgeben, als Weihnachtsprämie sozusagen!«

So kam es, daß wir an Heiligabend auf einem frischgebügelten roten Tischtuch ein Weihnachtsessen deckten, das aus einem schleimigen Pastagericht mit Bacon bestand, das nicht weggegangen war, zwei Krabbenbaguettes, einem großen Teller Donuts mit Schokoladenüberzug und einem ganzen Kasten Pepsi mit Vanillegeschmack. Und einem winzigkleinen Schinken, dessen Haltbarkeitsdatum abgelaufen war – den hatte ich für meine letzten Münzen bei ICA gekauft. Und dann hatten wir kein einziges Öre für die Miete und den Rest des Monats.

Tut mir leid, Onkel Gunnar kommt zu Besuch

*D*er Winterschlußverkauf hatte noch nicht begonnen, und die Stadt war vollkommen ruhig. Es war Schnee gefallen, und der einzige Laden, der offen aussah, als ich am ersten Feiertag zum Einkaufszentrum trabte, war der Coop. Mariana stand schon davor. Ihre ganze Körperhaltung drückte aus, daß sie unter Hochspannung stand. Es war eine Art quälender Freudenschock, sie zu sehen.

»Janne, ich will dir nichts vormachen«, sagte sie. »Weißt du, Micke ist es noch nicht gewohnt, in der ganz normalen Welt zu leben, wo man für alles bezahlt. Er hat von seinem ganzen Gehalt wahnsinnig teure Weihnachtsgeschenke für uns alle gekauft, und er hat auch keine Quittungen eingesteckt, sonst hätten wir sie vielleicht zurückgeben können … Ich habe kein Geld mehr, weder fürs Essen noch für die Miete. Deshalb müßte ich mir ein paar Tausender von dir borgen. Du wirst sie auch so schnell nicht zurückbekommen. Ich würde dich nicht bitten, wenn ich irgendeine Alternative hätte«, fügte sie mit trotziger Stimme hinzu.

»Ach du«, sagte ich. »So viel du willst. Und das Zurückzahlen hat keine Eile. Dürfte ich dir vielleicht ein paar Süßigkeiten für die Kinder mitgeben?«

Wir gingen in den Coop und kauften einen ganzen Wagen voller vernünftiger Sachen für eine Familie, jede Menge Dosen und Tiefgefrorenes, die lange reichen würden. Natürlich hätte ich ebensogut ein paar Scheine aus dem Bankautomaten ziehen können, aber ich schwindelte und behauptete, er sei kaputt, weshalb ich das Essen mit der Karte zahlen würde. Und außerdem könne sie mir gleich den Überweisungsträger für die Miete mitgeben.

Es war wie ein wehmütiges Spiel, den Wagen durch die

Gänge zu schieben und einzukaufen. Als wäre sie mein. Als kauften wir für uns ein. Ich machte ihr Vorschläge, und manchmal, wenn sie zögerte, sagte ich rasch, daß es ein Geschenk vom Weihnachtsmann sei. Ein Glas mit besonders leckerer Marmelade. Ein Päckchen Lachs. In den ich nie würde beißen dürfen.

Ich fuhr sie mit den Einkaufstüten nach Hause. Sie mied meinen Blick, und mir war klar, daß sie sich schämte. Für ihren Micke, für ihre Armut und weil sie schließlich so unter Druck gestanden hatte, daß sie mich um Hilfe bitten mußte.

»Immerhin war es gut, daß du diesmal um den Korb rumgekommen bist, oder?« versuchte ich sie aufzumuntern. »Was hast du eigentlich mit den ganzen Körben gemacht? Wollen wir sie im Frühjahr auf dem Markt verkaufen?« Sie lächelte schief, nahm ihre Einkaufstüten und schleppte sie in das häßliche, graffitibesprühte Treppenhaus.

Und ich fuhr nach Hause, rief bei Louise an und behauptete, ich hätte unerwarteten Besuch von Verwandten bekommen. Sie hatte Karten für ein Galakonzert mit Christmas Carols gekauft, gesungen von einem englischen Knabenchor. Stechpalmen, Weihnachtsstrumpf und Christmas Carols – Louise war ein Englandfan, seitdem sie ein Wirtschaftspraktikum in London gemacht hatte. Allerdings war es nicht gerade das England von heute, in das sie sich hineinlebte, mit heruntergekommenen Hochhausghettos und pakistanischen Einwanderern ... Leider, leider, sagte ich. Onkel Gunnar und die Cousinen kommen nur alle zwei Jahre mal in die Stadt.

Dann saß ich lustlos da, zappte zwischen den Sendern herum und trank Laphroaig Whisky, bis ich einschlief. Ich hatte ihn von Charlotte geschenkt bekommen, er schmeckte nach frischgeteertem Badesteg. Gegen vier Uhr morgens wachte ich auf und war der Einsamste auf der ganzen Welt.

Die Weihnachtsfeiertage zogen sich hin, ich mochte weder essen noch trinken oder ausgehen. Ich sah nur fern und zuckte jedesmal zusammen, wenn das Telefon klingelte. Es klingelte oft, aber es war nicht Mariana, weshalb ich nicht ranging. Sie würde höchstens meine heimliche Handynummer wählen, wenn sie überhaupt anriefe. Und das würde sie natürlich nicht tun. Der zweite Weihnachtstag verging.

Am nächsten Morgen schleppte ich mich in die Küche und zog eine Pastete und einen Plumpudding heraus, den Louise und ich bei unserem Wochenendtrip nach London Ende November in der Lebensmittelabteilung von Harrods gekauft hatten. Vielleicht schmeckte er sogar, ich kann mich jedenfalls nicht mehr daran erinnern. Ich wühlte eine große Flasche Bombay Sapphire und etwas Schweppes Tonic Water hervor und legte mich wieder aufs Ledersofa.

Da klingelte mein Handy. Es hätten Louise oder Charlotte sein können, aber sie waren es nicht. Es war Mariana, das sah ich an der Nummer. Doch es war kein Anruf für mich, es klang zunächst wie ein Hörspiel. Ich hörte ein Kind schreien und eine verzweifelte Männerstimme, die rief: »Verstehst du denn nicht? Du mußt es doch verstehen! Siehst du nicht seine Augen? Er kann nicht ...« Und dann das Geschrei einer Frau, vielleicht Mariana?

Ich war in drei Sätzen an der Tür. Zum Glück hatte ich die Ginflasche noch nicht geöffnet. Ich warf mich ins Auto und drückte das Gaspedal durch. Du lieber Himmel, was ging dort eigentlich vor sich?

Ein blauer Mensch

Jenny sah ich kaum in der Adventszeit, aber ich freute mich für sie. Sie traf sich ziemlich oft mit Jonte, und bei ihm drückte sich die Verliebtheit offenbar durch ein manisches Heimwerken aus. Als erstes hatte er eine Flurwand mit Regalen und kleinen Kästen bedeckt, und auf einmal sah man Jennys Flurboden, der sonst mit Stiefeln und Buddelhosen gepflastert war. Dann hatte er sich weiter in die Küche vorgearbeitet, wo er einen ausklappbaren Backtisch gebaut hatte, mit rustikalen Schubfächern für verschiedene Mehlsorten.

Im Wohnzimmer thronte ein Blumentisch auf mehreren Ebenen, für die ganzen Pflanzen, die Jenny bisher in angestoßenen Töpfen im ganzen Raum verteilt hatte. Und darüber hatte er eine Beleuchtung installiert, die dem Ganzen etwas beinahe Magisches verliehen. Schließlich hatte er Lautsprecher vom CD-Spieler bis ins Badezimmer gelegt, damit man zu Musik baden konnte, und im Schlafzimmer, über dem Bett, hatte er schüchtern eines von seinen Metallmobiles aufgehängt, mit liebenden Paaren in verschiedenen Stellungen. Jetzt hatte er weitreichende Pläne für wetterfeste Gartenmöbel, eine Kompostkiste und ein Gewächshaus auf dem Balkon. Jenny hatte ihn bremsen müssen, um überhaupt Gelegenheit zu haben, mit ihm zusammenzusein, ohne seine Hammerschläge übertönen zu müssen.

»Und ich hab immer gedacht, ich will einen Rockstar, und eigentlich brauchte ich die ganze Zeit einen Hausmeister«, sagte sie glücklich. »Er erhöht meine Lebensqualität jeden Tag um ein Stückchen.«

Und ich glaube, sie entschädigte ihn reichlich. Mir kam es so vor, als hätte er ein wenig zugelegt, und seine Glatze glänzte wie frischgeputzt. Für den Sommer war ein Wohnwagenurlaub geplant. Jonte besaß nämlich ein Wunderwerk an Wohnwagen, den er selbst ausgebaut hatte: Alles ließ sich aus- und wieder einklappen – vom Eßtisch für zwölf Personen bis zur Sitzbadewanne, die sich hinter einer kleinen Wandluke verbarg.

Okay, ich war neidisch. Wenn Micke nach einem Hammer griff, wußte man nie, was daraus werden würde – vielleicht hatte er sich in den Kopf gesetzt, damit eine Wand niederzureißen, oder er wollte den Nachbar damit erschrecken.

In der letzten Zeit hatten mich immer wieder winzige Kleinigkeiten an Mickes Verhalten beunruhigt. Ich versuchte mir einzureden, daß ich krankhaft ängstlich sei, denn weshalb mußte ich ihn eigentlich die ganze Zeit überwachen? Er wirkte doch völlig wiederhergestellt. Das Medikament funktionierte, zumindest im wesentlichen. Im meinem Herzen spürte ich, daß die Medizin auch den poetischen Narren in ihm »geheilt« hatte, und den vermißte ich – aber diesen Preis war ich gewillt zu zahlen, um ihn bei mir haben zu können. Aber manchmal ... ja, manchmal sagte er merkwürdige Dinge, und jedesmal begann mein Herz heftig zu pochen.

Beispielsweise saßen wir abends beisammen und redeten, wenn die Kinder im Bett waren. Plötzlich wanderte Mickes Blick zu den Gardinen, und er nickte langsam. »Ja, das ist klar«, sagte er. »Es ist völlig klar, daß du so ein Gardinenmuster haben mußt.«

»Wieso?« fragte ich vorsichtig.

»Gerade Linien und rechte Winkel«, erklärte er. »Du willst keine unklaren Formen in deinem Leben haben. Und die Farbe ist ja auch bezeichnend.«

Ich versuchte zu lachen, als sei es ein schlechter Scherz, und er sah mich erstaunt an.

»Verstehst du nicht?« fragte er ernst. »Du bist ein blauer Mensch. Blau ist eine reine Farbe, eine stabile Farbe. Eine der Farben, vor denen ich keine Angst habe.«

Ich sagte nichts, denn ich wollte nichts mehr hören. Er hatte Angst vor bestimmten Farben und deutete Muster mit irgendeiner Logik, die nur er begriff. Und er redete oft von Menschen und Farben. Jenny war nach seiner Ansicht eine gelbe Person. »Blau und Gelb, wie die schwedische Flagge, vielleicht seid ihr deshalb so gute Freundinnen«, lachte er, und jetzt war es ein Scherz, allerdings ein schlechter. Am meisten störte mich, daß er so oft dasaß und Billy mit einem grübelnden Blick betrachtete. »Ich kann nicht sehen, welche Farbe er hat, Mariana, ich verstehe das nicht«, murmelte er. Dann nahm er Billy so fest in den Arm, daß dieser wütend aufschrie, um wieder loszukommen.

Ein anderes Mal, als wir zusammen mit den Kindern auf der Straße gingen, blieb er plötzlich stehen und starrte einen silberfarbenen Saab an, der am Straßenrand parkte.

»Mariana! Jetzt sehe ich dieses silberfarbene Auto zum dritten Mal«, sagte er. »Was soll ich tun?«

Meine Kopfhaut kribbelte. »Tun?« krächzte ich.

Da schien er irgendwie aufzuwachen und machte eine wegwerfende Handbewegung. »Ach, vergiß es«, sagte er. »Es ist nur so, daß ich vorhin eine Frau in einem silberfarbenen Regenmantel gesehen habe«, fügte er hinzu.

Was mir nicht weniger Angst machte.

Am selben Abend stieß ich rein zufällig auf etwas, was mir einen echten Schock versetzte. Bella hatte eine Haarspange ins Klo fallen lassen und piepste angeekelt, daß sie sie auf gar keinen Fall herausfischen wolle. Andererseits konnte ich sie nicht einfach runterspülen, sondern beugte mich vor, um sie mit einem Papier herauszuangeln.

Da sah ich etwas auf dem Grund der Toilette.

Drei kleine weiße Pillen.

Ich hatte doch aufgepaßt, daß Micke seine Tabletten regelmäßig einnahm, hatte heimlich die Tabletten in den Döschen gezählt. Ich wußte, was für einen Widerwillen er gegen Medikamente verspürte, aber sie waren vorschriftsmäßig verschwunden.

Waren sie etwa im Klo gelandet?

Mein Sohn, wer ist er?

Natürlich kann ich es ihr nicht erklären. Ich habe es versucht, aber die Blauen sind, wie sie sind. Sie verstehen nichts, sie sehen nichts anderes als das, was sie direkt vor der Nase haben. Ich liebe sie so sehr, aber sie kann nicht alles mit mir teilen, nicht all mein Wissen. Und wenn ich mit ihr darüber spreche, ist sie nur gereizt und nervös und versucht mich in die Alltagswelt zurückzuziehen, in der alle Linien gerade sind und es nur rechte Winkel gibt.

Neulich hätte ich mich fast verplappert. Ich habe sie ja nun schon eine ganze Weile gesehen, die Silberfarbenen. Es ist kein Zufall, wenn man erst einer in Silber gekleideten Person begegnet und dann von silberfarbenen Autos verfolgt wird, von Straße zu Straße, es wäre naiv, das einfach zu ignorieren. Und als ich heute früh durch die Haustür ging, starrte ich zufällig auf den schmutzigen Boden, und da versetzte es meinem Herzen einen Stoß. Dort lag nicht eine, dort lagen drei Silbermünzen! Jetzt bin ich wirklich beunruhigt, doch das schlimmste Problem habe ich zu Hause.

Billy. Herrgott, mein geliebter kleiner Junge mit den runden Bäckchen. Wer ist er nur? Er hat keine Aura. Ich habe gesucht und gesucht, doch falls er eine Farbe haben sollte, dann könnte es Weiß sein, was sich ja aus allen Farben zusammensetzt. Und seine Augen sind ganz leer. Ich starre in sie hinein, und er starrt zurück, und manchmal lacht er. Bei anderen Menschen beginnen die Blicke zu flackern, sie lassen mich nicht so tief hinein, und das ist auch gesund, dabei zeigen sie zumindest ihre Farbe.

Aber Billys Augen sind leer und rund. Er starrt mich reglos an. Das nennt er das Glotzspiel. Er will mich glauben machen, daß er nur ein Kind ist. Aber ich bin mir da nicht so sicher. Seine Augen sind nicht die eines Kindes.

Ich habe immer wieder darüber gegrübelt. Und dann, heute – habe ich die Gewißheit bekommen. Mein Herz ist krank vor Kummer.

Billy kam zu mir, die Hände auf dem Rücken zu Fäusten geballt. »Welche Hand willst du?« fragte er und starrte mich an. Ich tippte aufs Geratewohl auf seinen linken Arm. »Nein«, grinste er. Ich berührte seinen rechten Arm.

Und da öffnete er die Faust.

In seiner Handfläche lag eine Brosche in Form eines grinsenden Gesichts.

Ein Gesicht aus Silber!

Wie eine Gipsmaske

*U*nd dann kam die Katastrophe.

Irgendwie tat es fast gut. Im nachhinein, als ich die Erleichterung spürte, begriff ich, daß ich die ganze Zeit darauf gewartet hatte, daß die Katastrophe eintreffen würde. Ich hatte sogar Schulterschmerzen, weil ich mich so angespannt hatte, als hätte ich mich vor einem Hieb geduckt.

Es war einige Tage nach Weihnachten. Ich hatte mich im Winterschlußverkauf getummelt und versucht, ein Paar billige Schuhe für Bella zu kaufen. Billy war mit Micke zu Hause geblieben, sie wollten Sport gucken.

Als wir in unserem Stock aus dem Fahrstuhl stiegen, hörte ich ein Kind in wilder Angst schreien. Bella und ich starrten einander an. Der Schrei schien aus unserer Wohnung zu kommen. Ich stürmte zur Tür. Ich wühlte den Schlüssel aus der Tasche und ließ ihn beinahe fallen, so zitterten meine Hände. Bella wimmerte ängstlich neben mir.

Ich bekam die Tür auf und stürmte hinein.

Die Wohnung war leer.

Da entdeckte ich Micke auf dem Balkon. Er hielt Billy im Arm, Billy schrie und stemmte sich mit den Füßen gegen das Geländer.

Ich gab einen gellenden Schrei von mir. Micke drehte sich um. Er begann mit mir zu reden, in einem beschwichtigenden Ton, irgendwas Unzusammenhängendes, daß Billy nicht der sei, für den wir ihn gehalten hätten, daß er uns alle vor ihm retten müsse. Irgendwas über Silberfarbene und daß es bald zu spät sei. Jedesmal wenn ich einen Schritt in seine Richtung gehen wollte, machte er eine Bewegung, als wolle er Billy über das Geländer schleudern.

Im nachhinein kann ich mich nicht daran erinnern, wie ich

eine solche Geistesgegenwart besitzen konnte, in der Tasche nach Jannes Handy zu tasten und die Kurzwahltaste zu drükken, ohne hinzusehen. Ich traute mich nicht, es herauszunehmen und hineinzusprechen, ich war beinahe bewußtlos vor Schreck.

Jetzt liefen Micke die Tränen übers Gesicht. »Du mußt doch verstehen, daß ich ihn liebe«, sagte er. »Ich liebe das Kind, für das ich ihn gehalten habe. Wie soll ich dir nur erklären ...«

Bella klammerte sich an mein Bein und keuchte und schluchzte. Ich schrie Micke zu, einfach stehenzubleiben, er dürfe nichts tun, sondern solle einfach unbeweglich dastehen und alles andere mir überlassen. Ich versuchte einen Rückwärtsschritt in Richtung Wohnungstür zu machen, aber Mickes Augen wurden immer wilder, und er ging weiter auf das Geländer zu. Plötzlich stolperte er, und Billy gab ein Gebrüll von sich. Dann wurde Billy wohl bewußtlos, denn er wirkte auf einmal ganz schlaff in Mickes Armen.

Ich weiß nicht, wie lange wir dastanden und uns anschrieen. Es kann eine Viertelstunde gewesen sein, vielleicht auch eine Stunde. Ich hatte aufgehört, mich auf die Balkontür zuzubewegen, jedesmal, wenn ich es versuchte, machte Micke mit seiner Traglast einen Rückwärtsschritt. Seine Worte wurden immer unzusammenhängender, es ging um irgend jemanden oder irgendwelche, die ihn verfolgten, um Menschen, die eigentlich keine waren, sondern eine Bedrohung für alle anderen Leute. Man erkannte sie an ihrer Aura. Und dann wieder etwas über die Silberfarbenen. Sein Gesicht war streifig vor Tränen, und seine Stimme nur noch ein heiseres Schreien.

Plötzlich hörte ich Schritte hinter mir. Die Tür zum Hausflur stand noch einen Spaltbreit offen. Janne kam mit schnellen, entschlossenen Schritten herein, schob mich beiseite und schien die Situation in einer einzigen Sekunde zu erfassen. Vielleicht lag es nur daran, daß Micke und ich völlig erschöpft waren und er voller Kraft, voller Entschlossenheit. Er ging geradewegs auf den Balkon hinaus und hob Billy aus Mickes Armen.

»Du kannst ganz ruhig sein, ich übernehme jetzt die Verantwortung für ihn«, sagte er zu Micke und trug Billy zu mir. Dann führte er Micke herein und bekam ihn dazu, sich aufs Sofa zu setzen. Apathisch sank Micke in sich zusammen und fixierte einen Punkt im Teppich. Janne tippte eine Nummer auf seinem Handy.

Bella und ich trugen Billy ins Badezimmer und schlossen die Tür hinter uns ab. Dann sackten wir in einem Haufen auf dem Boden zusammen. Wir weinten hemmungslos. Wenig später hörten wir das Stapfen mehrerer Personen vor der Tür. Bella spähte hinaus. Zwei Sanitäter legten Micke auf eine Trage, und einer von ihnen gab ihm eine Spritze.

Niemals werde ich Mickes Gesicht vergessen, als sie ihn an der Badezimmertür vorbeitrugen. Er sah uns an, und das Gesicht glich einer erstarrten Maske. Vollkommen weiß. Er sah aus wie die Gipsmasken, die ich die Schüler manchmal im Kunstunterricht machen lasse. Dann schlossen sich seine Augen, und sein Gesichtsausdruck ließ sich nicht deuten. Vielleicht war es Frieden.

Kein Haus mit Bakong

*I*ch weiß nicht, warum sie so waren, warum Papa so böse war. Ich wollte ihm doch nur den schönen Schmuck geben, den ich hinter dem Sandkasten gefunden hatte, und er ist so wütend geworden und hat mich auf den Arm genommen und ist auf den Bakong gegangen. Er war so wütend irgendwie, ich hab in die Hose gemacht, aber ich konnte nix dafür, vielleicht ist er deshalb so böse geworden. Ich hatte die schöne Unterhose an, vielleicht war er deshalb so böse? Aber er war auch wütend auf Mama und auf Bella, und die standen nur da und haben geschrieen.

Und dann hab ich gedacht, er schubst mich runter, aber Mama hat nachher gesagt, daß er das nie getan hätte, aber ich glaube, er hätte es doch getan, und dann weiß ich nix mehr. Ich hab wohl geschlafen, und als ich aufgewacht bin, war der Eismann da. Ich war ganz doll wütend und hab angefangen, ihn zu schlagen, weil ich gedacht hab, es ist alles seine Schuld, aber da hat Mama gesagt, daß er mir geholfen hat, vom Bakong runterzukommen und Bella hat Blödmann zu mir gesagt. Immer muß sie Blödmann sagen, obwohl sie zu Weihnachten so eine schöne Brille von mir gekriegt hat.

Mama hat gesagt, daß Papa wohl eine ganze Weile nicht wiederkommt, und ich hab gedacht, das ist gut so, dabei will ich ja auch zu ihm, aber ich will nie wieder in einem Haus mit Bakong wohnen.

Der schwarze Vogel hackt in mir herum

Alles ist jetzt viel einfacher und viel schwieriger zugleich.

Billy hat hysterische Höhenangst bekommen. Er hat sich geweigert, seinen Fuß in unsere Wohnung zu setzen, und Janne hat sich erbarmt und uns in sein Haus gelassen, schon in der Nacht, als das Ganze passierte – und da wohnen wir bis heute. Jeden Morgen erwache ich in Jannes Gästezimmer, mit Billys verschwitztem Kopf an meinem Brustkorb, während Bella eifersüchtig versucht, sich zwischen uns zu drängen. Und jeden Morgen läßt sich ein großer, schwarzer, krächzender Angstvogel auf mir nieder und beginnt, in meinem Inneren herumzuhacken, noch ehe der Tag begonnen hat.

Was soll ich nur tun? Jenny meint, ich solle auf meine mageren Knie niederfallen und alles dankend annehmen, genau wie sie. Und daß sie mir schon vorher hätte sagen können, daß ich meinen verrückten Mann nicht in unser Leben hätte lassen sollen, wo ich doch immerhin die Möglichkeit hätte, das alleinige Sorgerecht zu bekommen. Eine Möglichkeit, die sie nicht hat. Sie muß sich dareinfinden, daß Kenny jedesmal, wenn er einen akuten Anfall von Familienverantwortung verspürt, mit zwei kleinen Kindern und einem Flachmann in der Gesäßtasche losziehen darf ... Aber niemand würde doch wohl einem Vater, der versucht hat, sein Kind aus dem siebten Stock zu schmeißen, ein gemeinsames Sorgerecht zubilligen?

Der Vogel hackt und hackt. Angenommen, ein Arzt erklärt ihn in einem halben Jahr für gesund, und der ganze Zirkus fängt von vorne an ...?

Der Vogel hat meine Seele vergiftet. Er beginnt, mich gegen meinen geliebten Micke zu wenden. Wie ich mich auch bemühe, mich an seinen freundlichen, lachenden Blick zu erinnern, sehe ich nur seine wilden Augen auf dem Balkon vor mir.

Die Tränen, die in Rinnsalen durch seinen Stoppelbart liefen, während er Billys schlaffen Körper schüttelte und ihn über das Geländer hielt, ihn senkte und wieder anhob ... Dieser Blick legt sich wie bei einer Doppelbelichtung über all unsere hellen Erinnerungen. Ich werde ihn nie wieder los. Meinen Micke gibt es nicht mehr. Und ich weiß nicht einmal, seit wann ich Witwe bin.

Janne hat viel Geduld mit uns, doch manchmal dringt ein schmerzerfülltes Brummen aus ihm. Wie neulich, als Billy sich so für seine kostbaren japanischen Bonsaibäume begeisterte und jede einzelne Pflanze im Haus mit der Küchenschere auf Bonsaigröße beschnitt. Da schloß Janne die Augen und wimmerte: »Nicht schon *wieder*, nicht schon wieder eine Schere in der Hand dieses Kindes! Eines Morgens werde ich davon aufwachen, daß er mir den Schwanz kupiert!«

Ich kann doch nicht einfach hier wohnen bleiben und so tun, als wäre es mein Zuhause! Mich von einem Mann versorgen lassen, den ich nicht liebe, während ich immer noch mit Micke verheiratet bin.

Oder ...?

Es wäre so leicht, sich einfach in all das hineinfallen zu lassen. Die Bürde abzulegen und eine Weile auszuruhen. Ungefähr zehn Jahre. Die guten Finanzen zu genießen, den stärkenden Sex, die Geborgenheit für die Kinder. Einen Erwachsenen zu haben, dem man »Hallo, ich bin zu Hause!« zurufen kann, wenn man von der Arbeit kommt. Mit dem man abends vor einer Teetasse sitzen und bei dem man sich ausheulen kann. Mit dem man vor dem Urlaub die Reisekataloge wälzen kann.

Ja. Doch das setzt eine Reihe von Dingen voraus.

Daß ich unsere Wohnung kündige und mich völlig von Janne abhängig mache. Langsam den Kindern einbleue, daß jetzt Janne der Mann in meinem Leben ist.

Daß ich Micke, wenn er sich nächstes Mal meldet, ohne Umschweife sage, daß er im Leben seiner Familie eine abgeschlossene Phase darstellt. Daß ich ihm das einzig Stabile in seinem chaotischen Dasein nehme, das, wohin er immer wieder zurückgekehrt ist.

Daß Janne nicht eines Tages genug davon hat, meine zweitbeste Alternative zu sein, die Notlösung, der Ruhepunkt der Kriegerin.

Janne, auf den ich bisher nur zurückgegriffen hatte, wenn mir etwas fehlte, Sex, Gesellschaft, Geld, als wäre er ein Konto mit unerschöpflichem Dispokredit. Der Eismann. Was können wir ihm schon geben? Wie unerschöpflich ist er? krächzt der schwarze Vogel.

Janne schnaubt und meint, ich solle endlich aufhören, ihn damit zu nerven, daß ich ihn nicht »liebe«.

»Du bist ja fernsehgeschädigt«, sagt er. »Du hast deine Auffassungen über Liebe aus den Vorabendserien! Die Welt ist voller Leute, die aus anderen Gründen zusammen sind als aus Verliebtheit. Mit mir kann man zum Beispiel zusammen sein, weil ich so ein schönes Auto habe, das hast du selbst gesagt. Und ich verspreche, mir alle zwei Jahre ein noch schöneres zuzulegen!«

Und dann fügt er hinzu, ganz leichthin: »Und im übrigen habe ich so viel Liebe, daß es für zwei reicht.«

Und da ist schon etwas dran.

Tarzan und Janne und die Affenkinder

Es war Billy, der Mariana zu mir nach Hause zwang. Er weigerte sich ganz einfach, in ihrer Wohnung zu bleiben. Erst wollte er nicht aus dem Badezimmer gehen, und dann begann er zu brüllen, sobald er den Balkon sah, und versuchte durch die Wohnungstür nach draußen zu laufen. Er schrie immer weiter, bis Mariana resigniert eine kleine Tasche packte und ihn mit zu mir nach Hause nahm. Sie hat ihn noch immer nicht dazu bewegen können, mit ihr zurück in die Wohnung zu fahren.

So kamen auch Bella und Mariana zu mir. Ich habe ausreichend Platz. Mariana hat einen Monat freigenommen, und sie sind täglich zu einem Therapeuten in der Kinderpsychiatrie gegangen. Billy hat einen schweren Schock erlitten, und es wird eine Weile dauern, bis er wieder in Ordnung ist, wenn ich es recht verstanden habe. Er schläft mit Bella und Mariana in einem Bett. Ich schlafe in meinem eigenen Zimmer, aber ich schleiche gern ins Gästezimmer und betrachte sie oder höre zumindest ihre Atemzüge im Dunkeln. Mariana schläft nicht bei mir. Noch nicht.

Aber wir sind in den letzten Monaten trotzdem irgendwie eine Familie geworden. Immer mehr von ihrer Kleidung wurde in mein Haus geschleppt. Was sollten sie machen? Mariana konnte Billy nicht einfach bei mir lassen. Und ich habe zwei große Gästezimmer.

Es war so anders, zu viert am Eßtisch zu sitzen oder besser gesagt in der Küche auf meinen Barhockern an der polierten Granitplatte. Ich werde diese verdammte Tischplatte wegtun. Kleinkinder lassen ihre Milchgläser öfter fallen, als man denkt. Auf einem normalen Küchentisch passiert nichts weiter, außer daß man die Milch aufwischen muß, während das Kind wütend brüllt, weil das Glas leer ist. Aber auf einer Granitplatte zersplittert ein Glas in Millionen kleiner, scharfer Stücke, und das Kind muß aus der Küche getragen werden, während einer der Erwachsenen fluchend staubsaugt und in Glasstücke tritt.

Und dieser Gasherd, den Charlotte mir so ans Herz gelegt hatte! Für den »Chefkoch«! Sie hatte natürlich nicht daran gedacht, daß kleine Kinder manchmal das Gas andrehen, ohne es anzuzünden.

Mein ganzes Haus ist verkehrt. Heller Teppichboden in den Gästezimmern. Zwei Kinder haben Magendarmgrippe – und der Teppich wird nie mehr wie früher, das sage ich euch. Eine fast bis zum Boden reichende Fensterfront zum Garten mit einer niedrigen Fensterbank, voll von wertvoller Keramikkunst. Haha!

Natürlich sah Mariana mit einem Blick, was alles verkehrt war, und fegte wie ein Tornado durchs Haus, stellte zerbrechliche Dinge in die Oberschränke, räumte empfindliche Textilien weg, rettete die Lampen von niedrigen Tischen und so weiter und so fort. Sie untersagte den Kindern, im Wohnzimmer, in der Bibliothek und im Eßzimmer zu spielen, doch das ignorieren sie hochachtungsvoll. Und ich trete fluchend auf Legosteine.

Aber nicht einmal sie hatte vorhergesehen, daß Bella eine Bratpfanne auf den italienischen Glastisch hauen würde. Oder daß Billy auf einen Stuhl steigen und ganz gezielt von hinten auf das Lämpchen spucken würde, das im Fernseher leuchtete. Es knisterte noch einmal auf, und das war's mit dem 28-Zoll-Bildschirm. Jetzt habe ich einen Flachbildschirm, der an der Wand hängt. Besser gesagt wir.

Denn sie sind immer noch hier. Und das Leben wird von Tag zu Tag realer. Mariana hat aufgehört herumzunerven, daß sie sich nicht von mir aushalten lassen wolle. So wie es sich jetzt darstellt, sind ohnehin alle Grenzen überschritten. Aber es hat eine Weile gedauert. Am Ende hatte ich mich gezwungen gesehen, sie anzubrüllen:

»Meine Güte, Mariana, weißt du noch, wie du mal gesagt

hast, du arbeitest genauso hart wie ich, nur ohne dabei ein paar Millionen zu verdienen? Ich hab das so verstanden, als fändest du das ungerecht. Jetzt hast du die Chance! Nimm dir von dem, was geboten wird, wer sagt denn, daß du kein moralisches Recht darauf hättest?«

»Du meinst, Eigentum ist Diebstahl?« sagte Mariana und lächelte vorsichtig. Doch von da an hörte sie auf herumzustreiten. Keiner von uns hatte darauf Lust, und ich glaube, sie versteht, was es mir bedeutet, sie hier bei mir zu haben.

Mit ihren Kindern geht es auch ganz gut. Sie haben aufgehört, mich Eismann zu nennen.

Da Mariana so ehrlich ist, daß es beinahe schon ein Laster ist, hat sie mich wissen lassen, daß Micke ihre große Liebe ist und bleibt, wobei diese Liebe am Ende jedoch einen ziemlichen Riß bekommen hat. Sie hat eine Menge über seine Krankheit herausgefunden und erfahren, daß man mit Schizophrenie leben kann. Man kann Stimmen hören und dennoch ein normales Leben führen, und man stelle sich vor, es gibt sogar einen Stimmrechtsverein für solche Leute. Wenn sie schon gerne das Wort führt, wenn wir zu zweit sind, wie will sie denn dann mit ihm reden? Das wäre doch zwei gegen einen? Das fand sie kein bißchen witzig. Aber sie mußte zugeben, daß die Medikamente nicht nur den Verrückten in ihm wegamputierten, sondern auch vieles von dem Micke beseitigten, den sie geliebt hatte. Und daß sie, solange sie die Verantwortung für die Kinder hätte, sich keinesfalls wieder für ihn entscheiden werde. Jetzt nicht, vielleicht sogar nie wieder.

Natürlich hat sie unnötig oft gesagt, daß sie nichts über die Zukunft mit mir sagen könne. Daß sie mich nicht gerade »liebe«, obwohl sie mich furchtbar gern habe.

Mir ist es scheißegal, ob sie mich »liebt«, das klingt ja wie aus einem bescheuerten Hollywoodfilm mit Meg Ryan. Ich will nur, daß sie hier wohnen bleiben.

Und überhaupt, wer weiß denn schon, wie lange ich das will? Vielleicht hat sie ja recht, und ich schwärme in fünfzehn, zwanzig Jahren, wenn die Kinder aus dem Haus sind und uns das Alter in Gestalt von Hamsterbacken und Doppelkinn in den Nakken haucht, wieder für Models mit Seehundaugen?

Und wenn schon! Jetzt ist jetzt!

Tarzan und Janne und die Affenkinder. Das klingt doch gut, Mariana, oder?

Du weißt doch, da draußen ist der reinste Dschungel!

Katarina Mazetti

Der Kerl vom Land

Eine Liebesgeschichte. Aus dem Schwedischen von Annika Krummacher. 202 Seiten. Serie Piper

Zwischen Desirée und Benny funkt es, und zwar ausgerechnet auf dem Friedhof. Nach einigen Wochen voller Leidenschaft schiebt sich der Alltag störend dazwischen – und die gegenseitigen Erwartungen: die Bibliothekarin und der Landwirt leben in zwei völlig unterschiedlichen Welten. Benny braucht eine handfeste Frau, die ihm auf dem Hof zur Seite steht, und Desirée interessiert sich vor allem für Literatur und Theater. Voller Situationskomik erzählt Katarina Mazetti von einer ganz und gar ungewöhnlichen Liebe.

»Eine sehr komische und gleichzeitig sehr tragische Geschichte, mit viel Humor und Feingefühl erzählt. Ein Buch, das Mut zum Außergewöhnlichen macht.«
Westdeutscher Rundfunk

05/1432/02/L

Katarina Mazetti

Jede Menge Ohrenzeugen

Roman. Aus dem Schwedischen von Lotta Rüegger und Holger Wolandt. 204 Seiten. Serie Piper

Mord bei laufender Sendung! Als der Produzent des beliebten Frühstücksfunks erschlagen aufgefunden wird, ändert sich der beschauliche Alltag der Stockholmerin Malla, die bei dem nordschwedischen Radiosender ihr Praktikum macht. Schon bald ist ihr journalistischer Spürsinn geweckt. Denn es gibt keine Spur von einem Täter, dafür aber jede Menge Tatmotive … Ein witzig-turbulenter Roman der schwedischen Bestsellerautorin Katarina Mazetti.

»Wer Wallander-Melancholie und Mankell-Tiefsinn erwartet, wird freudig enttäuscht. Katarina Mazetti schreibt nämlich mit tänzerischer Leichtigkeit: immer ein bißchen abgedreht, immer ein bißchen anders. Ein todernstes Vergnügen!«
Cosmopolitan

05/1768/01/R